琦君作品集

母心・佛心

琦君 著

友人贈我新鮮蓮子一包，乃和以紅棗，用慢火燉爛，加冰糖與少許
致冰箱中二小時後取食，清香可口，涼沁心脾。幼年時在故鄉，母親常以
過佛的蓮花，一瓣瓣和了麵粉炸「蓮花鬆」吃。清香柔嫩，到嘴便化。蓮
、蓮葉泡山泉當飲料，清心明目，蓮藕、蓮子更是祛暑妙品。母親常說
蓮花奉獻了一身的全部，表示佛照顧了我們的一切。」荷花亦稱蓮花，佛家
說荷花開放於炎夏，炎夏表示煩惱，而清涼的水就是菩提。年少時
，卻喜愛「菩提」二字逗起無限聖潔的想像。

媽媽，您安心吧（代序）

親愛的媽媽：

每天清晨，我在虔誠禮佛之後，一定站在您照片前面，默默祝告。就想起當年我們母女並排兒跪在佛堂前，耳中聽您低聲念「大慈大悲觀世音菩薩。」我也有口無心地跟著念。看您閉目凝神中，笑容逐漸浮現。拜了三拜以後，扶著我的肩慢慢兒站起來，笑咪咪地對我說：「保佑你外公，你爸爸，和你身體健康，長命百歲。」我立刻說：「媽媽也長命百歲呀！」您安慰地點點頭。媽媽，那時您一臉慈祥的神情，真像那尊觀音菩薩啊！外公常說，您滿懷慈悲，連一隻螞蟻都不忍心踩踏，一定是觀音菩薩派遣仙童降生人間的。您連聲說：「阿彌陀佛，千萬別這麼說，當不起這罪過啊！」

媽媽，如果您不是虔誠奉佛，您這一生的千波萬浪，離愁別恨，怎麼承當得下來呢？您又怎能有那麼廣大的胸懷，包容一切怨恨拂逆，臉上仍浮現安詳如觀音的微笑呢？

在我記憶中，您是很少哭泣的。縱有盈眶淚水，也立刻忍了回去。僅有一次的嚎啕痛哭是因從北平傳來哥哥逝世的噩耗。您一把抱住我嗚咽地喊：「你哥哥沒有了，怎麼辦？怎麼辦？」我驚悸得呆若木雞，半晌才哇地哭出來。我心慌的是從來沒看見您這樣悲痛過，怕您會受不了。傷痛的是從此永遠盼不到哥哥回來了。我們母女抱頭痛哭了很久很久，只有老淚橫流的阿榮伯伯，站在邊上，默默無言。我感到好害怕，仰臉問您：「媽媽，爸爸為什麼不回來？我們好孤單。」您抹去眼淚，肯定地說：「你爸爸會回來的，他只有你一個女兒了。」我一陣心酸，又大哭起來。

從那以後，您拜佛更虔誠，管教我也更嚴了。幾次三番對我說：「你要用功讀書，爭口氣，考個女狀元。」對親朋戚友的慰問，您總是收起眼淚，抬著頭說：「她爸爸一定會回來的，女兒要帶到外路讀書，不能老待在鄉下啊！」

不久，父親真的回來了，很快就把我帶到杭州，您呢，卻仍舊留在故鄉。少不更事的我，竟被去杭州的興奮沖昏頭，至今竟想不起我們相依為命的母女是怎麼分別的。只記得頭一晚您一直不睡，在燈下為我織毛衣。臨行時，您竟然沒有送我到門口。媽媽，您那時是躲在房間裏哭呢？還是跪在佛前祈禱呢？

到杭州後，在衣箱中發現一個小小黃緞包，裏面是白衣神咒，是您放在裏面給我保平安的。您讓叔叔給我寫信，每回都叮囑我早晚勿忘拜佛念觀世音菩薩。但我進的是教會學校，老師要我做禮拜、信耶穌，我心情好矛盾。直到您來杭州後，我把內心的矛盾告訴您，您想了一想說：「耶穌和觀音都是得道的菩薩。在天堂裏是不分家的。阿彌陀佛也跟上帝一樣。上帝派耶穌來到世界做橋樑、超渡人。佛派觀音到世間來，見男人就化作男身，見女人就化作女身，只為好與人接近，便於超渡！」您說得頭頭是道，卻是非常圓通。原來您在故鄉時，也常被鄰居教友拉去做禮拜或望彌撒，您仍笑咪咪地拜您的佛，卻把耶穌也比作觀音。媽媽，您的頭腦真開明哪！

您愛惜生靈的身教，我都牢牢記得。有一次，您從鄰兒手中搶救下一隻被玩弄得奄奄一息的蟬，您把牠臥在用青草鋪墊的紙盒裏，放在樹蔭下，讓牠不受一點打擾，好好休息。您說蟬兒吸了新鮮露水，過一夜就會活過來的。第二天一早，牠真的已能微微張開輕紗似的翅膀了。您又把牠放在矮樹枝上，不時去看看牠，連聲念佛，保佑牠快脫離苦難，快點活過來。不久，蟬兒真的活過來，振翅飛走了。又有一次，您不小心踩傷一隻小雞的翅膀。萬分歉疚地捧起牠，用麻油抹牠的傷口，不時用嘴呵牠，讓牠感覺得到您對牠的愛護。當時我好像自己就像那隻小雞，受著母親萬般的愛撫呵護，心中感到無比的溫暖。

蟬兒活了，小雞平安無事了。媽媽啊，您那滿臉欣慰的笑容，我至今不忘，也牢牢記得絕不虐待一切的小動物和昆蟲。這也許正是佛家說的「以一身所受之苦，推憫眾生之苦」的深意吧！

您要我考個女狀元，我卻碌碌一生，不能達成您的願望。您逝世已四十九年，在這半個世紀的寶貴歲月中，我沒有什麼成就。所能盡力而為，或可告慰於您的，只有握住一枝筆，寫出對雙親和親朋戚友的思念，寫出您的勤勞、節儉、忍讓、謙和、孝親、睦鄰的美德。我希望關心我的朋友們，愛好文學的讀友們，都能知道您是怎樣一位可作為青年典範的偉大母親。

今秋，我將再出版一本新散文集，這是我第三十本集子，一個完美的整數。我特以其中的〈母心・佛心〉一文，定為書名，並將護生篇排為第一輯，恭恭敬敬地奉獻給您，以紀念您的虔誠奉佛，惜生愛生。在「護生」、「懷舊」兩輯中的許多篇章，都浮現著您的淚光笑影。想您在天之靈，一定會連連頷首，贊許您的女兒，永遠不會忘記您愛惜生靈的誨諭吧！

媽媽，夜已深，星光入戶。我放下筆，倚窗遠眺。異鄉的夜是寂靜的，客中的歲月是清冷的。但我心頭仍感到十二分溫暖，因為我永遠擁有您的愛。

仰望長空，疏星點點，我默念起印度大詩人泰戈爾的一首詩：

媽媽，如果您想念女兒到夜深不寐
我將於星斗中對您唱：
安心吧！媽媽，安心吧！
您睡著時
我將從流蕩的星光中
悄悄地來到您床邊
睡在您的懷裏
媽媽，您安心吧！

我一遍又一遍地念著，在心中低聲向您祝告：

媽媽，在月圓月缺中
四十九年來，
我的心一直和您相依相守
媽媽，您安心吧！

琦君
民國七十九年八月二十日
於美國紐澤西

目錄

第二輯　懷舊篇

第三輯　生活篇

第四輯 隨感篇

附錄

第一輯

護生篇

三淨素

佛家語有稱爲「三淨肉」者，就是在家修持的居士，爲權宜之計，在三種情形下，是可以勉強吃牲畜之肉的：一、不是我殺的。二、不是爲我殺的。三、不曾親眼看見殺相的。這「三不」看去似乎有點掩耳盜鈴，對貪口福的老饕而言，正可作爲吃肉的藉口。其實是佛家勸誡心學佛者初步戒殺所開的方便之門。也正是儒家「見其生不忍見其死，聞其聲不忍食其肉」一點「仁之端」的深意。比起對屠門而大嚼的心態，究竟完全不同了。

想起母親當年雖燒得一手好菜，卻堅持而風趣地說：「我不吃三『斤』肉，我吃的是三『淨』素。」

「什麼是三淨素呢？」我問她。

她說：「第一，你到朋友家作客，熱心的朋友要殺雞款待你，你就說連忙說，

『我今天吃素，你千萬別殺雞。』不就保住一條生命了嗎？第二，你作客時如果正是吃素的日子，面對滿桌的雞鴨魚肉，爲了不要麻煩主人爲你特地做素菜，你就不聲不響地只吃那肉邊菜，能得心素就好，這是給主人的一點方便。第三，不是吃長素的人，有時會由於忙碌而忘了吃素的日子，萬一無心吃了葷菜後才想起，只要馬上漱漱口，念幾聲阿彌陀佛也就可免罪過。因爲你不是貪口福故意吃的，菩薩不會怪你。」

這是外公教母親的，母親說時一臉的虔誠，我雖不大相信，卻也牢牢地記住了。

算算母親一年中吃素的日子比吃葷的日子還多呢。因爲吃六齋，每月有六天吃素。此外，初一十五吃素，先人的生忌辰，家人與自己的生日，她都吃素。她說祖先的生忌辰要表示紀念，殺生極不祥。生日是母難日，應當吃素表示對母親的感恩，如果遇地方上爲了祈求平安舉行祭拜節目，她也吃素，表示虔誠地參與。素吃多了，聞到葷油味都膩胃，所以她即使是不吃素的日子，也都是吃的青菜豆腐之類，至多加幾朵「金鉤蝦米」。因此「金鉤蝦米」是母親唯一的調味品。她說：「蝦從海裏一撈起就沒知覺，死得不痛苦。乾的蝦米吃幾朵是沒有關係的。」

她臉上笑瞇瞇的，也知道難以自圓其說。頑皮的小叔偏偏說：「大嫂是最最懂得吃的了。因為肉邊菜比肉還好吃呢。還有，金鉤蝦米炒青菜才是一道名菜哩。」聽得母親好生氣，笑罵道：「我哪裏像你那樣饞嘴？天天在廚房裏偷鴨肫乾吃。」

小叔伸伸舌頭走開了。他雖然愛說些俏皮話逗母親，心裏卻是很敬重她的。他曾鄭重地對我說：「你媽媽才是真正吃三淨素的。她手不殺生，連蒼蠅都不拍一個，是手素。口不出惡言，不罵人，是口素。心總是想著別人的好，要對別人好，是心素。」我聽了好感動。覺得小叔儘管有點吊兒郎當，心裏對是非好壞是很清楚的。這就是母親一邊罵他，一邊仍很喜歡他的原因。何況家人中「肚才」好，口才好的就只有他一個，沒有他就太冷清了。

他看母親每天辛辛苦苦提著飼料木桶去餵豬，有一次他對母親說：「大嫂，你吃素念經，卻把豬餵大了等過年時宰了祭祖，心裏多難過啊！」母親說：「可不是嗎？我恨不得用米粉捏一頭豬來代替呢！」小叔拍手說：「這個主意實在好，祖先一定高興，他們也不喜歡子孫殺生呀。」正在喝酒的長工阿川叔插嘴道：「過年那有不殺豬的？我們肚子裏沒有油水，田也種不動了。大嫂，你只管放心，畜牲是上天注定給人吃的，殺了不會罪過。就算有罪過，跟餵的人、殺的人都不相干，罪過都在我們吃的人身上。」

母親笑而不答。我想等外公來時問他，究竟用米粉捏一頭豬代替眞豬祭祖是不是一樣的恭敬。因爲我也不忍眼看胖嘟嘟的豬，最後總是被宰掉，那一聲聲刺耳的尖叫使母親與我幾天都吃不下飯。拜佛的老師說，能戒絕殺生，家中便有祥和氣象，爲什麼到了人人都喊恭喜的新年，反而要殺生呢？

老師教我讀論語解釋孔子說的：「始作俑者，其無後乎，以其象人而用之也。」孔子連用俑代替眞人陪葬都認爲太殘忍，因而詛咒發明俑的人絕子絕孫。老師說，其實用俑代替眞人陪葬是基於一點仁心，孔子是因爲徹底反對陪葬的惡習才說這話的。

我因而想到母親說用米粉捏的豬代替眞豬，也正是一點仁心，可惜傳統的陋習無法改變。想起有一回隨父母親去廟裏拜佛吃齋。法師大擺筵席款待，端上來香噴噴的全雞全魚紅燒蹄膀，唯妙唯肖，其實都是豆腐做的。父親吃得大快朵頤，讚不絕口，母親卻皺起眉頭說：「看看這些素的葷、葷的素菜，心裏很難過。在寺廟裏修持，就當全心全意吃素念經，怎麼還想著要吃雞鴨魚肉。雖然是豆腐做的，心裏想的還是大葷啊！」我聽了也覺得很矛盾，回來告訴小叔，小叔說：「素雞素鴨，也好像是俑。你媽媽看了仍然不忍，以其象雞鴨而用之也。」滿腹經綸的小叔搖頭晃腦那麼一比畫，我就完全明白了，越發懂得媽媽的心是多麼仁慈啊！

如今重溫論語，深深體會孔子希望世界上永遠沒有殺戮的一點苦心。他老人家如果活在今天，眼看國與國之間，自己同胞之間殘酷的大屠殺，他豈止是詛咒始作俑者的絕子絕孫呢？

再想想，如果母親今天還健在，以她吃「三淨素」的慈悲心腸，將何以面對社會上種種血淋淋的暴力行爲呢！

——民國七十八年十二月二十一日《中央日報》副刊

送鴿記

每回走進車庫，總不由得看一眼牆角那只卡通箱，又轉向高高的晾衣繩望去。兩處都是空空的，我的鴿子已經不在這兒，牠被我送給一位對鳥類有經驗的慈祥老人魯迪先生，託他代爲照顧了。

我曾打電話問魯迪先生，鴿子的情況如何，他以爽朗的聲音回答我：「你放心吧，牠很好，靜靜地呆在籠子裏呢。」

靜靜地呆在籠子裏！那個籠子我看到過，很小很小，牠呆在裏面會舒服嗎？在我的車庫裏，牠是滿處跑，滿處飛的。可是我怎麼能對魯迪抱怨呢？他肯收留牠，我就當感激不盡了。因爲我的環境不許可留養一隻鴿子。

那天大清早，我在住宅附近散步，忽聽一聲悲鳴，一隻鴿子從人行道大樹枒槎上跌落在馬路中央，一輛車子即將疾馳而來，我急忙舉手請他注意讓開，一面奔過去俯身細看，一隻灰色的鴿子倒在地上，翅膀攤開，左眼翻白，我憐憫地雙手捧起牠來，抱在胸前，快步走回家來。牠一隻半開半閉的右眼看著我，很安心的樣子。我的手觸摸到牠咚咚咚的心跳，小身體暖烘烘的，霎時間，我眞感到生命的可貴，我一定要救牠，牠一定會活過來的。

進家門以後，我把牠放在地毯上，牠斜斜地躺著，支不起身體來，我有點慌，外子不在家，我一人有點手忙腳亂不知如何是好。忽然想起以前看過的「禽鳥救護車」那本書，作者敘述如何拯救受傷的鳥，把牠安置在卡通箱中，細心照顧，治癒以後，一隻隻放走。因名卡通箱爲「禽鳥救護車」。

我連忙去地下室找出一只大小合度的卡通箱，墊了軟軟的舊毛巾，把鴿子放入。再用藥棉蘸了冷開水擦去牠翅膀上的血，抹上點麻油可以消毒止痛，這是當年母親教我的。我替牠擦傷口時，牠好像很舒服，但牠的左眼總是包著白眼皮，睜不開來，我眞擔心牠會變成「獨眼龍」，視覺不平衡，就永不能飛。

治傷以後，馬上想起飼料問題。外子已回來，他叫我去問熱心的鄰居瑪沙，因爲她經常撒穀類給門外的小鳥吃。她給我一包飼料，卻勸我還是把鴿子送到動物保護會（Humane Society）去，自己是無法照顧一隻受傷的鳥兒的。我查了號碼打去，對方問我鴿子腳上有沒有小鐵環，我說沒有，他說「那我們沒有興趣接受。」我奇怪愛護動物，豈因身價有別呢？頹然掛上電話，只好捧起鴿子，撫摸牠的頭頂和翅膀，和小貓小狗一樣，牠顯得全心的依賴信任，我不懂得用藥物治療牠，但對牠的愛撫，也許可以使牠振作起來，克服病痛吧！

牠不吃也不喝，我只好讓牠靜靜地休息，晚上把卡通箱放在床邊，不時聳起耳朵聽牠的動靜，一夜寢不安枕。第二天，打開盒蓋，看牠竟已站起來了。我喜出望外，立刻抓一把飼料餵牠，牠就在我手心裏啄食起來。仔細看牠的排泄也很正常，想來牠沒有重傷，牠活過來了。

我把盒子放在廚房裏，門側過來可讓牠自由出入。牠垂著一隻翅膀，瞎著一隻眼，在地上歪歪斜斜地散起步來，缺少教養的是隨地撒糞，我只好耐心清除。家裏多一個小生命，馬上顯得熱鬧起來，也忙碌起來。我若能如公冶長通鳥語，與牠對談，問牠從何處來，願往何處去，那該多麼有意思呢？

但是牠的左眼總是睜不開，翅膀仍有點下垂，幸得食量已大增，也能喝水，體力已在逐漸恢復中了。外子說動物有克服病患的本能，勸我不要過分操心。但我就如同照顧一個不會說話的嬰兒似的，真不知如何才能使牠感到舒適。且我的本意並不是要飼養牠，只等牠恢復以後，放牠自由。我擔心的是牠離群太久，人類對牠過分的呵護，是否會使牠失去獨立求生的本能。我最反對的是把鳥兒關在籠中，供自己取樂，但如果現在把牠放出去，牠還不能飛，生怕被野貓攫食，且隆冬已至，天寒地凍，叫牠如何覓食呢？我左右爲難，眞是寢食難安。

幸得第三天天氣晴朗，牠也體力倍增，我們把盒子捧到門外，放牠出來散步。一接觸到大自然，牠頓時活潑起來，伸展一下翅膀與腿，竟有點振翅欲飛的樣子。使我驚喜的是那隻左眼已睜開來了，明亮的陽光照著牠，右眼更灼灼有神，腳步也平穩了。牠拍拍翅膀，飛上一株樹枝，卻無力地跌落下來，又不甘心地向前快跑，我們就在後面亦步亦趨地追隨。別人溜狗，我們溜鴿子，倒也別有情趣。

溜一陣以後，才把牠抱回來，放在廚房裏，任牠自由散步。但牠見到外面廣大天地以後，已經不安於室。嫌廚房太小了。有一天我們從外面爲牠買飼料回來，牠已老實不客氣地登堂入室，走到客廳裏有陽光照射的地毯上，蹲下來休息。那一副安詳享福的樣子，煞是可愛。我去抱牠，牠用嘴輕輕啄我的手背，表示親暱。我柔聲對牠說：「安心在我家過冬，明年春天，一定放你回去，你還記得自己的家嗎？」外子說：「你放心，牠一定有本能找得到老家，找得到舊巢的。」他什麼都相信本能。說的也是，我並不懂得如何治療牠，是牠本能地恢復的。如今牠不但跑，還帶飛帶跳。停下來時，居然把一隻腳縮進肚子下面，作出一副金雞獨立的姿態。我用手指尖點一下牠的頭，牠就靠近過來蹭我一下，完全像小貓對牠的主人。

牠又嫌客廳太小了。走到落地門前，啄著玻璃窗想出去。可是陽臺外風雨交加，牠重傷初癒，不放心讓牠到陽臺上，生怕牠跌下地面受重傷。可是牠很不講禮貌地在地毯上拉屎，增加我很多困擾，萬不得已中，只好把牠放在車庫裏。特地把電燈開亮，讓牠感覺是白晝。又把車子停到外面，讓出更廣大的空間，給牠活動。

爲了訓練牠恢復飛的能力，我自己發明，每天三、四次把牠雙手捧起，舉得高高地，又急速向下放得低低地。牠就自動張開雙翅作飛行狀。如此多次以後，牠漸漸地能飛離手心，停在晾衣繩子上，晃晃蕩蕩地，卻並不跌下來，我看牠爪子抓得緊緊地，知道牠飛翔的本能已經漸漸恢復了。好幾次，牠都停到我肩膀上、頭頂上。霎時間，我覺得自己像是個放鶴的仙翁，悠遊於天地之間，完全可以與禽鳥通情愫了。

事實上卻並不然，牠愈來愈顯得急躁不安，啄我手背時使力很大，不像以前的友善，大概牠怪我關得牠太久了。牠要自由，牠要回到大自然去。但我擔心牠翅膀還不夠壯健，萬一再跌下來，被汽車壓死，豈非我爲德不卒。我的心意，無法使牠明白。牠總是到處亂跑亂飛，也亂撒糞。最糟的是因爲天氣太寒冷，車子停在外面過久，機器發動有困難。外子愛車如命，乃建議我再打電話給Humane Society，是否可以接受這隻鴿子。我也知道，無法把一隻鴿子養在車庫裏過冬。只好再打電話求援，他們介紹一位名叫魯迪的協助。我立刻打電話給魯迪，他很耐心地聽我把整個經過講完，然後他說：「我必須當面檢查鴿子是否完全復原了。我可以爲你照顧一段日子，是否再帶回去，由你決定。」

外子喜出望外，連忙開車幫我把鴿子送去。費了半個多小時，好容易才找到那地方。看到一群鴿子停在一個屋頂上，斷定就是魯迪的房子。門虛掩著，推門進去，馬上是一陣牲畜的氣味衝鼻而來。我驚奇地看見滿走廊、滿屋子都是大大小小的鳥籠。不同的鳴聲此起彼落，最吵人的是烏鴉，見生人來了，更叫個不停。魯迪蹣跚地從樓上下來。他在電話裏已告訴我他是跛子。此刻看見他出現於聒噪的群鳥之間，肥胖而略略傴僂的身影，屋裏光線又不太明亮，一時間不由得使我想起「鐘樓怪人」來。幸得他滿臉的笑容，解除了我的恐懼。

一隻狗左右不離地跟著他，十分安靜，並不對客人狂吠。最奇怪的是有三隻器字軒昂的名種貓，安詳地臥在鳥籠之下，瞇著眼睛假寐。對籠子裏鳥兒們的嘰嘰喳喳，充耳不聞。貓和鳥兒相處得如此融洽的，從未見過。更令我驚奇的是看見一個中年婦人，在耐心地清掃鳥籠，添飼料。大門口也擺著一大缽穀類，是餵野鴿的，鴿子成群飛來吃飽了就飛上屋頂。所以門外也得不時清掃，這不是一分輕鬆的工作。而看她笑容滿面，似乎對照顧禽鳥的工作，甘之若飴。她長髮紮成一把，眉目清秀。穿著深紅色上衣、黑色長褲。在如此一個髒、亂，泛著臭氣的環境中，一個亭亭玉立的婦人顯得很不調和，她對我點頭說「早安」，還指著告訴我每隻貓的名字，看來牠們都是牠的愛寵，她一定是魯迪最信賴的助手。

屋子裏全是鳥籠，分不清哪一間是客廳，哪一間是廚房。走廊裏是兩大桶的飼料，我們無法容身，就退到門口，把鴿子捧給魯迪檢查。鴿子在他手中，顯得非常馴服，他捏捏牠的肚子和翅膀，說牠並無內傷，翅膀也無礙。問題是牠的眼睛。牠兩眼顏色不同，左眼視力甚差，因此飛得不能平衡，也就是牠與別的鴿子打架會跌下來的原因。他叫我把牠留在他那兒保養，慢慢兒給牠找個配偶，不致寂寞。我當然同意把牠留下，少了我一分心理負擔。他就把鴿子放進一隻籠子裏了。

我問他這許多鳥都是從哪兒來的，他說都是別人救了，送來請他治療的。有的再帶走，有的就留在他那兒了。問他怎麼照顧得過來，他說：「這是我全部的生活，我愛牠們，天天同牠們在一起，感到無比的快樂。」他告訴我童年時因頑皮跌斷了腿，他母親要他乖乖地在家療傷。每天給他一毛錢，他積下錢來買了一隻漂亮的鸚鵡。但在上學時，鸚鵡被貓撲殺了，他好傷心，因此要訓練貓能與鳥類和平相處。至少在他小小的天地裏，他做到了，也以此爲慰。

我把鴿子鄭重託付給他，遞給他一包預先帶去的禮物。他高興地告訴女助手說我一定是中國人，中國人總是這般有禮貌的。她粲然一笑，笑容裏透著一片誠懇與純真。我於匆忙間忘了問她名字，也不知她和魯迪是什麼關係。倒是覺得這一幢鳥屋，充滿了神祕性，左鄰右舍又如何忍受這一群群鴿子的騷擾。外子對一切都從現實的價值觀念來看，他說：「這兩邊的房子，一定賣不起高價錢了。」我說：「若以愛屋及烏的心情來看，可能還有人喜歡住到這裏來，分享與鳥雀遨遊之樂呢。」

與魯迪道別時，我再三謝謝他的幫忙。他誠懇地說：「不必謝我，這是我的快樂，我的生活。我很高興交了一個中國朋友。你有興趣可以常來看看你的鴿子。我要試試看醫治牠的左眼，使牠的眼皮不至搭拉下來。但我沒有把握，因爲牠已經太老了。春暖以後，我會放牠出來，在附近飛一下，如果眼睛不好，就飛不遠了。」

我衷心感謝他，也衷心祝福「我的」鴿子能夠恢復正常。可是「老」是無法抗拒的現象，一切只好任其自然。

魯迪最後說：「你看到我全副精神照顧鳥一定奇怪吧！我最恨拿槍射鳥的人，但也高興世上仍有這許多好心人拯救受傷的鳥。人類都應該相互合作，整個世界應該和平相處才對，可惜現在無法這樣理想了，我只好生活在自己的天地裏。」

一路回家時，魯迪的那座鳥屋，魯迪的話，一直縈繞在我心中。我不免擔心鴿子能不能適應新環境。小小的鴿籠，比起我家的車庫來，狹窄得太多，牠能習慣嗎？我也不免慚愧自己的逃避責任，把照顧鴿子的包袱甩給了魯迪。魯迪看上去應該是位一無所求的好人，否則他何必自找麻煩，收留那麼多鳥兒呢？

我把這種矛盾心情告訴外子，他很不以爲然地說：「你眞是捏緊怕死了，放鬆怕飛了。一件事按自己良心處理完畢，就不要再去想它了。告訴你吧，鴿子再不送走，我的車子倒要進廠修理了。所以現在倒感到很輕鬆。」

到底是他這樣重實際的人，少煩惱。這半個多月來，我的寢食不安，牽腸掛肚，不都是爲了這隻鴿子嗎？照佛家說起來，是不是由於對事物的「攀緣心」呢？

還有，我總感到遺憾，因我未能親自治癒鴿子，親手放走牠，親眼看牠自由翺翔空中，這不又是一分不應有的執著嗎？

回到家，他長長地舒了口氣，就叫我幫著沖洗車庫，擦淨車子。鴿子已有了安頓，我不能不感謝他的協助。一場忙碌過後，深感在異鄉異國，還是二人同心一德，相依相守最重要，爲小動物支付太多的感情，徒自苦耳。這也是我不敢養貓的理由啊！

——民國七十八年二月十一日《中央日報》副刊

守著螞蟻

由於我的寓所是靠邊的，多兩扇窗戶，冬天可以享受充分的陽光，節省暖氣。夏天可以迎接涼風，節省冷氣。唯一的缺點是，天氣一轉暖，螞蟻就從稀疏的牆腳縫中成群結隊而入。牠們目的是尋找糧食，而廚房的地面，任你如何小心打掃，總是糧食最豐富的地方。於是入夏以來，我每天最忙的工作，就是蹲在地上，守著螞蟻，耐心地等待牠們把「大堆」的美味，順利又安全地搬離現場以後，才用濕布擦淨地板，用一條膠紙貼住裂縫，阻止牠們再光臨。可是螞蟻「人」小鬼大，牠就是無縫不鑽，無孔不入，你封住了東邊，牠們就從西邊進來。封住了牆腳，牠們就從窗櫺縫中進來。害得我整天手忙腳亂，疲於奔命。

但是守著螞蟻搬運糧食，也自有一分樂趣。牠們規律之嚴，工作之負責，無與倫比。看牠們小小身軀，常常獨力負荷一粒比自身大一倍的東西，快速地向洞口爬行，絕不停下來先大快朵頤一番。牠們的忠勤、無私與合作精神，眞個是遠勝人類。有時遇上敵方的探索先鋒，牠們就起了拉鋸戰。如兩個抵一個，那一個知道衆寡不敵只好放棄。我看了不忍，就特地放一粒餅乾屑在牠面前，牠就喜出望外地啣著走了，我也爲牠的不致徒勞無功而高興。

有時看牠們已搬運到牆腳的洞口，所謂洞口，只不過是一條細細的縫隙，一大群的螞蟻，扛著一粒在牠們看來如山般高的糧食，左推右拉的，總是擠不進縫隙。我看得白著急，又無法助一臂之力。忽然想起，用一根鐵絲，將那縫隙的碎石灰畫開一些，洞門大開，牠們就順利進入了。也不知牠們在牆腳那邊的大宅院是個什麼樣子，我眞想能像孫悟空似的，搖身一變也成一隻螞蟻，混進洞去，看個究竟。牠們如發現我這個生客，要驅逐我出境的，我就會告訴牠們，通道是我給挖大的，螞蟻王定將與我握手爲禮吧！

我呆呆地守著，癡癡地想著，螞蟻卻是陣來陣往的沒完沒了，不耐煩的老伴，竟然一手舉掃把，一手捧殺蟲藥噴筒，正打算展開大屠殺，我不由得一陣緊張，立予阻止，這倒也是對他實行「機會教育」的好時光了。

「千萬別這麼做，」我央求道：「你把牠們一掃把掃得陣容大亂，徬徨無所歸已經夠悽慘，若再噴以毒藥實在太殘忍了。想想看我在切洋蔥時，氣味薰得我涕淚交流，你都感到很過意不去。若是漫天毒霧向我們沒頭沒臉的撲來，使我們窒息，抽筋而死，那將是多麼的痛苦？小小昆蟲，只不過不會說話，牠不是一樣的有感覺、有苦樂，一樣的知道趨生避死，爲生存而奮鬥嗎？」

這一番淺近的道理，他哪有不知之理？他也明明不是性好殘殺之人，只不過沒有這分「婦孺之仁」，守著螞蟻的耐心就是了。所以還沒等我繼續「說教」呢，他就先念起我常常對他念的那首詩來：「莫道群生性命微，一般骨肉一般皮，勸君莫射枝頭鳥，兒在巢中望母歸。」但他卻發表意見說：「鳥兒在空中飛翔，有牠們的自由，牠又不侵犯到我們什麼，實在不應該舉槍射殺牠，使巢中小雛成了孤兒，必定餓死無疑。如今這一群群的螞蟻是侵犯到我們家來，擾亂我們的生活，也妨害了衛生，怎麼能予以容忍呢？」

我歎口氣說：「你何嘗不知道，所謂侵犯是我們人類的想法，我們不一樣地在侵犯牠們嗎？牠們哪裏知道這是自私的人類畫爲自己的禁地呢？牠有覓食的自由，生存的權利。即使不以佛家慈悲爲懷的心情來看，而從一切生靈平等的觀念來說，我們也沒殘殺牠的權利啊！」

他放下掃把，丟棄殺蟲藥噴筒說：「好啦，我接受你苦口婆心的布道，現在就改用迷你吸塵器，把牠們吸淨，再捧到門外，取出裏面的紙袋抖掉，不就免於殺生之罪了嗎？」我說：「那也不行，牠們被一陣狂飆捲颳得昏天黑地，落地後何處再覓家園？」他笑笑說：「你放心，牠們三三兩兩的可以再聚集起來，重建家園，螞蟻不是最合羣的嗎？」儘管他這麼說，我還是不放心，寧可用一張硬紙，把幾隻像是失群或倦遊不知歸的螞蟻，輕輕攬在紙面上，送到門外香柏樹下的泥地裏，也顧不得牠們是否會成迷途的「羔羊」，至少牠們得免於大風暴的捲颳，保持神志清明，可以繼續掙扎求生，我也於心較安了。

如此來回進出無數趟，總算把散兵遊勇的螞蟻全部送走。又目送那整隊的撤離現場，完成運糧工作，我這才心安理得地坐下來休息。看他用膠液仔細地封閉牆腳縫隙，表示給牠們吃閉門羹。正在此時，卻見地上的迷你吸塵器口，幾隻螞蟻惶惶然地爬了出來，我驚奇地問怎麼這裏面會有螞蟻，他笑道：「不瞞你說，我昨天看見好幾隻螞蟻，一時找不到殺蟲劑，就先用吸塵器吸了，卻又忘了清除，你看牠們不是又活生生地爬出來了嗎？可見得吸塵器的風，不會把牠們吹昏頭，牠們的生命力很強，力氣也很大。你可知道，世界上力氣最大的動物是螞蟻，牠能背負比自己身體重好幾倍的東西，你能嗎？」

他雲淡風輕的神情，使我又好笑、又好氣。卻慶幸於他沒找到殺蟲劑噴筒，使這群螞蟻得以死裏逃生。我只好再起身用硬紙把牠們一隻隻輕輕兜著送出門外。並跑到地下室將殺蟲劑找出，遠遠送到屋外垃圾箱丟棄，以杜絕他噴殺的念頭。

回到屋裏，喘息未定，又看見一隻螞蟻在窗檯上冉冉地悠遊。看來我這守著螞蟻的送迎工作，將是永無止境。但想到能因此細體佛家「與眾生同樂，使眾生免苦」的慈悲意義，便深感欣慰了。

——民國七十六年七月十三日《中央日報》

小鳥離巢

鄰居房子的側面木板牆，正對著我餐室的窗戶。木板牆上有個小小的洞。每年春天以後，總有好多隻麻雀飛來，從那洞裏進進出出、嘰嘰喳喳的，似商量又似爭吵，顯然牠們是在木板牆的夾縫中做窩。想來那裏面的天地一定相當開闊，築巢其中，倒是風雨不動安如山呢。

屋主人經過牆外的走道，從不抬頭望一眼，對於鳥兒們的聒噪，也充耳不聞。坐在餐室裏的我，卻是常常望得出神，對鄰居的「有鳳來儀」，甚是羨慕。也盼望有鳥兒能來我窗外的香柏樹上做窩孵小鳥，讓我沾點喜氣。

盼望竟然沒有落空。有一天，一對肚子呈金黃色的漂亮鳥兒，飛來停在我窗外在欄杆上，軟語商量了好半天，看中了那株香柏樹，就在上面築起巢來，我眞是大喜過望。香柏樹離窗子不到五呎，它的枝枒是一層一層有規則地向上生長的。這對鳥夫妻，聰明地選擇了最最隱祕、不高不低的第二層。左邊是欄杆，可供牠們飛來時歇腳，右邊另有一株較高大的樹，藏密的濃蔭覆蓋，道路上來往的車輛行人，不會打擾到牠們。眞正可以說是良禽擇木而棲。

我只要有空，就坐在窗前看牠們工作。母鳥時常停在欄杆上休息，大部分是公鳥任重道遠地，不知從那兒啣來像藤蔓似的長草，在兩個枝枒之間，先搭起棟樑，然後再啣來深褐色的細枝，縱橫編織，很快地就把一個窩築好了。因爲離樹很近，我可以平視枒槎，直窺堂奧。看那窩的細密精緻，眞是巧奪天工。我第一次親眼看鳥兒啣枝築巢，以至吉屋落成，內心那一份喜悅，無可名狀。同時也體會到童年時代，雙親曉諭我們，不可破壞鳥巢的深意。

一對鳥夫妻，飛來時總在欄杆上停留下來，觀察四周，側耳傾聽一番，然後飛到窩裏休息片刻，又從另一面的樹蔭下飛出去。進出的方向有定，一絲不亂。牠們對於自己辛苦經營的房屋，似頗躊躇滿志。對我這個守著窗兒，與牠們相看兩不厭的人，也頗表歡迎。我偶然開門走出去，靠近欄杆，牠們也並不飛走，但對我撒在欄杆上款待牠們的南瓜子仁，卻毫無興趣，可見牠們並不是因爲食物才親近我，而是因爲對我由衷的信任。

有一天，看見母鳥從窩裏出來，停在欄杆上東張西望，我一看巢裏已經有三枚小小的蛋，碧綠如翡翠。原來公鳥急急築窩，是爲了妻子即將生產。牠一會兒飛回來，啣了一條蟲餵給愛妻，給她產後進補，其體貼負責，令人感動。

從此以後，母鳥大部分時間都在窩裏孵蛋。公鳥偶然飛回來，站在窩邊，母鳥立刻就飛走，大概是出去舒暢一下筋骨吧！牠們的分工密切配合。

如是者約莫半個月（可惜我沒有紀錄時間），三隻小鳥孵出來了。

我看見三個大頭，搖搖晃晃的，伸著細長的脖子，閉著眼睛，黃黃的嘴巴張得像三個漏斗一般，等待父母餵牠們，眞正是嗷嗷待哺的黃口小兒。牠們吃飽了就擠在一堆睡覺，一聽父母羽翼在空中振動的聲音，自遠而近，三張嘴巴就馬上張得大大的，等待美味落入口中。輕風吹來，牠們頭上纖細的絨毛，微微飄動，煞是可愛。令人驚歎的是父母親餵三個兒女，都非常平均。食物的分量，也是逐漸增加的。起初是細細小小的一條條小蟲，漸漸地啣來較大的不知是什麼山珍海味，反正小雛吃得愈來愈壯健了。

如遇天氣一有變化，母鳥就立刻飛回蹲在窩中，張開翅膀覆蓋小鳥。有一次，大雨傾盆，香柏樹東搖西擺，我好擔心窩會被吹落，禁不住連聲念佛，保佑牠們平安無事。不一會，雨過天青，母鳥飛到欄杆上，拍拍翅膀，抖落了全身雨水，一邊側頭向我看，彷彿告訴我：「你放心好了。任何狂風暴雨，我都能適應，因爲我們是從風雨陰晴、瞬息萬變的氣候中長大的。」此時，窩中小雛，又在伸長脖子，向母親討吃的了。

這一段辛苦的哺餵撫育過程，我在窗前看得清清楚楚，正和電視螢光幕上的特寫鏡頭，一般無二。

小雛漸漸長大了，頭上白白纖細的胎毛逐漸脫去，渾身羽毛豐滿起來。母鳥不在時，牠們爭著站起來，張開小小的翅膀，拍拍身子，或是你踩我、我踩你，彼此頑皮地對啄著。看來，巢已經顯得太小了，母親回來時，就站在邊上愛憐地看著兒女，不時啄啄牠們的頭，梳理一下牠們的羽毛。此時，公鳥的餵食，愈來愈勤，因爲孩子們的食量增加了。有趣的是公鳥一到與母鳥打個照面，母鳥就馬上飛走，牠們的合作勞逸均勻，看來自有默契。

一隻比較強壯的小鳥，忽然跳出窩來，站在窩邊的樹枝上，有點搖搖晃晃。另外兩個較膽小的弟妹撐起脖子愣愣地望著哥哥（我想也一定是哥哥吧，因爲牠體形較大，顏色極像牠的父親）。這時，母親回來了，向牠頭上一啄，牠馬上跳回窩裏。不聽話，挨罵了。

可是兒女們長大了，究竟是留不住的，儘管父母親輪流地繼續餵牠們、守著牠們，牠們卻時時刻刻地振翅欲飛。這一天，我眞是茶飯無心，一刻也不願離開窗口，心情卻十分沈重。因爲才半天時間，三隻小鳥都先後跳出窩，停在旁邊大樹的枝葉濃密之處了。我費了好多時間才發現牠們。牠們定定地站著，似在觀察周圍的環境，對自己出生長大的窩卻似一無留戀。母鳥停在欄杆上，喉中發出咕咕咕的聲音，是對離巢兒女的反覆叮嚀吧！牠一定是說：「今後海闊天空，父母手足都不再相逢，不再相認，一切都要你自己小心啊！」我自恨沒有公冶長的本領，能通鳥語。但骨肉分離的悲苦，凡是動物，何能有異呢？

才轉瞬間，三隻小鳥都倏然而逝，飛得無影無蹤了。我亦悵然如有所失。擡頭看牠們的父母，正雙雙停在對面屋脊上。是在目送高飛遠走，不復返顧的兒女呢？還是在俯望空空的舊巢，夫妻相互慰藉呢？

從此牠們沒有再回來，窗外一月多來欣欣向榮的熱鬧，頓歸寂靜。而我呢？眼看牠們辛苦築巢孵蛋、辛苦撫育兒女長大，終至離巢而去。心中的悵惘，有如親身經歷了一場人世的離合悲歡。

一陣風雨，空巢終被吹落在泥土裏。外子憐惜地把它撿進來，收在一個紙匣裏，歎息地說：「留作紀念吧！」

——民國七十七年十月一日《世界日報》

誡殺篇

有一次參加外子公司郊遊，在海灘邊進餐時，許多人都去吃從海裏剛撈起來的活剝蛤蜊。攤位主人將泥水滴答的蛤蜊揑在指縫間，用一個鉸子一扳，蛤蜊的殼片開了，他們馬上在血肉鮮紅的蠕動身體上，撒上醬醋辣椒等調味料，送到嘴裏，一口呑下去。

好多人一個接一個的呑食，外子與我不忍卒睹，只好躲開了，但我彷彿聽到那些蛤蜊悽慘的叫喊、垂死的呻吟聲。

人，爲什麼對每一種自由自在的小生命，都不願放過，而把牠們捉來凌遲處死呢？只爲那一刹那的口腹之慾嗎？這種殘忍的吃法，就和江浙人吃活蒸螃蟹、活悶搶蝦、泥鰍鑽豆腐等，一模一樣。我永遠不能忘記，杯盤狼藉的餐桌上，那一隻隻瞪著眼睛的蝦頭、蝦腳還一直在顫抖，而牠們的身體已經早早進入食客的肚子了。

最殘忍的，眞正莫過於人類了。動物的攫食其他動物，是爲了飢餓，也爲了養育牠的幼兒。但牠們不會戲弄生命，至少不懂得用醬醋麻油活醃了來吃。可見智慧愈高，殘殺的伎倆愈高明，觸犯罪惡的傾向愈強烈。這是佛家所謂的業障吧！

父親曾教過我一首詩：「一指納沸湯，渾身驚欲裂。一針刺己肉，遍體如刀割。魚死向人哀，雞死臨刀泣。哀泣各分明，聽者自不識。」父親說：「這就是儒家『能近取比』、『仁民愛物』之心。」但說是這麼說，父親自己仍未能戒葷腥。記得他最喜歡吃蒸螃蟹。動不動就吟起把酒持螯的詩來，母親也不得不閉起眼睛替他蒸。邊點火邊念觀世音菩薩，往生咒。教我讀書的老師是吃長齋的，連聲念阿彌陀佛說：「知過犯過，罪加一等啊！」聽得我直打哆嗦，就懇求老師去勸父親別吃活蒸螃蟹了。父親聽了，還笑嘻嘻地念了自己作的兩句詩：「吐化獺僧一杯酒，憐他苦海免輪迴。」他說：「濟顚和尚吃了雞魚鴨肉，就可以吐出來超度牠們，免再受輪迴之苦。」老師聽了，又連聲念：「阿彌陀佛，罪過，罪過。我們是罪孽深重的常人，哪能跟濟顚和尚比呢？」

由於老師的勸說，父親也愈來愈少吃大葷，到晚年病中幾乎是素食了。可見「善根」也是需要時日培養的。我小時候很怕聽見殺雞鴨與宰豬的慘叫聲。老師說：「雞鴨等在臨死之時，會發一種最大的恨心，對宰殺牠的人，誓必報復。」我聽了好害怕，問母親爲什麼要命長工殺牠們呢？她反問我：「你不是沒有魚肉就吃不下飯嗎？」當時我曾發願要吃素呢！沒想到直到今天，我還未能吃完全的淨素，可見培養仁慈的善根之難。我一直不吃「活殺雞」、「活殺魚」，也無非是掩耳盜鈴的心情吧！

我倒是想起兩件有趣的眞實故事。

多年前，我臺北的鄰居太太飼養了一籠鴿子，是爲每天殺一隻給她丈夫進補。她殺鴿子的方法是捏緊了牠的嘴，活活把牠悶死，然後才燙開水拔毛破肚，認爲這樣才能保持鴿子的全身精力，吃了最補。有一天，她送了一隻活鴿子給我，說是賀我先生生日，讓他進補。我想生日當戒殺，焉可殺生，但她的「好意」不便拒絕，就雙手捧過鴿子。爲了牠，特地買了小籠子，讓牠棲息，每餐餵牠飼料，對著牠，愈看愈可愛，更慶幸牠來到我家，可以免於殺身之禍。

鴿子是剪了翅膀的，不會飛，只能慢條斯理地在泥地上散步。動物眞是有情，我每天下班回來，牠都會走到我腳邊來，並不是討吃的，而是表示歡迎。我當然是愈來愈愛牠。鄰居太太老是問我：「你什麼時候殺鴿子，我來幫你殺。」我說：

「謝謝你，我要養牠，不殺牠的。」她搖搖頭說：「這是菜鴿，根本是給人吃的，不是信鴿呀。」我說：「不管牠是什麼鴿，生命都是一樣可貴的。」她有點不大明白似的走開了。

有一天，我回來不見鴿子前來歡迎，籠子門是半開著的。急急遍找不得，只好去問鄰居太太，有沒有看見，因爲我們兩家只隔一道竹籬笆，很可能牠在散步時，就從籬笆縫中鑽回老家去了。她把眼睛瞪得大大地說：「你問得眞奇怪，我有一滿籠的鴿子，送給你的就是你的了。你說牠會從籬笆下面爬回來。我又怎麼認得出，哪一隻是我自己的，哪一隻是我送給你的呢？」

振振有詞的一席話，說得我啞口無言。爲免傷鄰居和氣，只好悻悻然告退，而那隻鴿子，就此眞個「不翼而飛」。因爲牠原是被剪了翼的可憐小東西。若說是野貓攫食，必定有殘留的羽毛，想來牠一定是「物歸原主」，又難免一捏送命之災。果如此，我也只好以當年父親的詩句：「吐化癲僧一杯酒，憐他苦海免輪迴」來強自寬慰了。

另一則故事是我一位小老鄉的。他是個純樸的老實人，在一位才高八斗的老鄉畫家家中幫工。畫家每日吟詩作畫，飲酒必佐以鮮魚。太太是烹調能手，「烹小鮮如治大國」，對於鮮魚之「鮮」的程度，大有講究。但她又「不忍」去菜場看活殺鮮魚，因此就命這位名叫阿順的小老鄉去買魚，對他仔細囑咐道：「記住，水池裏肚子朝天的魚，已經死了，絕不能買。冰塊上身首異處的魚也不能買，因爲你不知牠已死多久。一定要買池子裏抓出來活蹦活跳的，才新鮮。」

「知道了，太太，我把活蹦活跳的魚提回來，讓你自己殺！」原來阿順也是個不殺生的。

「怎麼能提回來呢？你不知道我不殺生嗎？叫賣魚的給你殺好呀！」

阿順奉命而去，去到魚攤邊，看見池子裏游來游去的各種魚，實在不忍心眼看牠白刀進、紅刀出。靈機一動，就指了條奄奄一息的鯉魚，請賣魚的殺掉洗淨，自己先躲得遠遠的。殺好提回家，心想反正太太不知道牠是活魚還是呆魚。誰知太太把魚一下鍋，就叫阿順到跟前訓斥道：「叫你買活蹦活跳的，你怎麼買條快要斷氣的？」

「太太，你怎麼知道的？」阿順奇怪地問。

「活殺鯉魚一下油鍋還要蹦三蹦，這條魚下了鍋，一點兒也沒有蹦呀！不是快斷氣的是什麼？告訴你，先生不吃呆鯉魚，吃了呆鯉魚，吟不出詩，畫不出畫，你知道嗎？」

阿順心裏納悶，鯉魚的死活，跟吟詩畫畫又有什麼關係？那條呆鯉魚，先生沒怎麼吃，太太不吃鯉魚，嫌魚刺太多。還是阿順連頭帶尾慢慢兒把它吃光。丟棄東西可惜啊！味道滿好嘛，怎麼說「呆魚」不鮮呢？

下一次，他心裏有數了，去到魚攤上，頭也不抬地大聲說：「給我捉條活鯉魚，越活越好，你殺好，我等下來拿。」他在別處兜了一圈，回來時血淋淋的魚已包好。放在籃子裏直跳，他心驚膽戰地想：我眞是罪孽深重，這輩子苦命當了傭人，原想修修來生，現在連來生都沒指望了。忽然想起在家鄉聽殺豬所念的經，馬上也喃喃念起來：「魚呀，魚呀，你是業重做了菜。先生不吃，太太就不買，我是傭人你莫怪，你向先生太太去要債。」這樣一路念到家，把魚遞給太太說：

「太太，眞正最新鮮的。這回你放心吧……」

「沒買錯吧？」

「不會錯，我是看牠斷氣的。」

太太噗哧的笑了。阿順老實人還是教得會的，活魚丟進鍋子，果然蹦了好幾蹦，是眞的看牠斷氣的。

阿順告訴我，那次先生連聲讚美魚新鮮，邊吃邊喝酒，邊做詩。魚太好吃，不小心魚刺卡住了喉嚨。太太手忙腳亂了一大陣，魚刺取不出來，也嚥不下去，喉嚨都刺出血來，痛得要命，差點要進醫院，還是阿順想起來，買了新鮮橄欖，嚼了吞下去，才把魚刺化掉。

阿順說：「這不是活殺魚來討的債嗎？」

我沒有編造小說，寫的是百分之百的眞人眞事。連阿順的名字都沒有改，保留他的眞名，是對他樸實性格的懷念。

我對這兩件事記憶深刻，因而寫下來對自己告誡，不要爲滿足口福，而殘殺生命。尤其是今天無論中外，都提倡素食，對健康有益。

因此此文爲「誡殺篇」。

——民國七十八年十月五日《聯合報》副刊

惜生隨感

最近整理舊報刊，在一分英文雜誌上重讀一篇關於訓練軍鴿的報導，寫鴿子協助直升機上的救護人員，在人的肉眼不能發現的海面上，辨認出桔黃色的救生衣，就用牠的長喙敲打電鈕發出信號，救護人員立刻急速降落營救浮沈在海裏的遇難者。可是那隻忠心耿耿為人類服務的鴿子，卻因飛機的迫降，在軟玻璃箱中被壓死了。該文惋惜地說，一隻鴿子死了，又得訓練第二隻，實在是時間與金錢的浪費。作者痛惜的是時間與金錢，卻沒有感念到鴿子的小小生命，為服務人類而犧牲。我奇怪的是訓練軍鴿者何以沒有事先想到妥善設備，以免鴿子的慘死。更悲慘的是在戰爭中，地區為敵人所占領時，所有軍鴿都被焚斃，這眞是人類的自私與不仁。

我保留了《中央日報》副刊的一篇〈惜生詩抄〉，作者秦情先生眞是位慈悲為懷的有心人。

該文中記載，只爲一位醫生說了一句吃鴨肉可能得癌症，養鴨業者恐鴨蛋跌價，乃將幾十萬枚孵化了一半的蛋傾入河中。養雞業者爲了挽救雞肉與雞蛋的跌價，把三十萬隻小雞以煤油活活燒死。作者沈痛地說：「難道在殺的時候，沒有絲毫不忍之心，感恩之念嗎？」他又說：「一個人對動物沒有惜生之心，就不能良善地對待人，甚至對待整個世界。」此話實不能謂過分。

他引了寒山子、王維、白居易、蘇東坡、陸游諸大家的惜生護生詩篇，迴環吟誦，感悟至深。例如王維的：「勸君莫射南來雁，恐有家書寄遠人。」白居易的：「勸君莫射枝頭鳥，兒在巢中望母歸。」鐵石心腸，也將泫然。又如陸游的絕句：「血肉淋漓味足珍，一般痛苦怨難伸。設身處地捫心問，誰肯將刀割自身。」他以淺近白話詩奉勸世人惜生戒殺，可謂用心良苦。尤其是趙孟頫的一首詩，最爲深刻感人：「同生今世亦前緣，同盡滄桑一夢間。往事不堪回首論，放生池畔憶前愆。」讀此詩，佛家慈悲之念，當油然而生罷。

回想起先父母在世之日，每逢生日必然吃素戒殺，父母親說並非爲自己求福，只爲想到父母生我育我之辛勞，也更體驗到世間所有生命之可貴。雙親的訓誨，我總是時時在念。可惜世人常爲滿足口腹之慾，甚至用各種殘忍的烹調方法炸活魚、烤鴨掌、醉活蝦，「美味」已進入腹中，被殺害的殘餘軀體還在桌面上顫抖掙扎，眞不能想像美食主義者如何嚥得下去。我知道何凡先生不吃鱔魚，是因爲有一次親眼看到殺鱔魚時被活活撕裂的血淋淋之慘狀，這就是君子見其生不忍見其死的仁心。

人類爲了治療疾病，不得已而殺生，固然情有可原。以前臺北市西門町有一家蛇店，有的人爲了治皮膚敏感症，到店裏立等殺蛇取膽，以酒送服。我聽了仍不免不寒而慄。

記得我幼年時曾患過一種怪病，就是上嘴脣無緣無故腫起來，據說可以致命。母親聽外公的話，取牆角最髒之處的蜘蛛網，和了紅砂糖，敷在脣上，一夜之間，竟然就藥到病除。可能就是土法的土黴素，以毒攻毒吧。外公說，原須以蜘蛛和砂糖揑在一起的，但覺得太殘忍了，改用蜘蛛網代替，居然效果相同。這是我記憶中十二分深刻的一件事，也深深體會外公和母親不忍殺蜘蛛的一片慈悲心。

外公並教我，如果被蜈蚣咬了，除了可用雞的唾液塗抹消腫之外，急救之法，當先捉一隻蜘蛛放在創口上，蜘蛛會將蜈蚣毒液吸出。但吸了毒液的蜘蛛不久必會死亡，一定要用一個碟子盛一點清水，將蜘蛛放在水邊，牠會將毒液吐在水中，就可活命了。蜘蛛救了你，你必當救蜘蛛。我雖未曾被蜈蚣咬過，但外公那一分對小生命的愛護與感恩之心，卻深深使我感動，因而牢記不忘。

英國泰晤士星期周刊的一篇報導，文題是〈美麗的錯誤〉，記述臺灣埔里每年有五億隻蝴蝶被人類捕殺，目的是以之製成精緻的手工藝品外銷。精巧的工人，將蝴蝶五彩透明的翅膀剪下，依原形壓入塑膠片中，看去栩栩如生，蝴蝶身體則丟棄餵豬。或將蝴蝶翅膀依顏色分類，有如畫家的調色板，以之點染出名人肖像，甚至仿製成大畫家的名畫。作者說，這樣濫殺蝴蝶，將很快縮小臺灣蝴蝶的棲息地，甚至有蝴蝶絕種的危險。他奇怪我們當局鼓吹保護生態環境，何以竟縱容該行業任意捕殺屬於天然資源的蝴蝶。科學家注意的是生態平衡，而使我們心痛的是千千萬萬隻無辜的蝴蝶，只爲了長得太美麗而慘遭分屍厄運。豈非是上天有意戲弄小生命，眞是「天地不仁，以萬物爲芻狗」啊！

還記得當年南臺灣有一個中學教師，「匠心獨運」地以蝴蝶五彩繽紛的翅膀，剪貼成自己的畫幅，而且曾開過展覽會。我不知在觀賞者眼中，出現的是這位「藝術家」的精心傑作呢？還是他手中那把血跡斑斑的剪刀呢？我始終崇尚眞善美的一致，認爲那才是最高的藝術境界。一顆殺害千萬生靈的殘忍之心，怎能產生引人美感祥和的藝術品呢？這哪裏是「美麗的錯誤」，實在是「殘忍的錯誤」啊！

昨夜在友人所贈的古舊檯燈罩裏發現一個小小的蜘蛛網，中間坐著一粒比芝麻還小一半的蜘蛛。我第一個念頭是用一張軟紙將牠連網輕輕兜住，送到門外的香柏樹上，讓牠呼吸新鮮空氣，重築新窩。但當我戴上老花鏡，仔細觀察蛛網編織之精工細密，我實在不忍心予以破壞，再看小蜘蛛在溫暖的燈光下，靜靜地享受著那分安全舒適，我更不忍去打擾牠了。好在老舊的東西，總是和蜘蛛、蛛網結不解緣的。何況夜深燈下讀書寫作，也多一個小生命默默地與我作伴。如此想著，我就呆呆地一直向牠凝視。牠似有所覺，在網中心微微移動了一下，似在伸個懶腰，身體也比原來張大了一些，並將頭部向我轉來，我暗喜於我們之間的靈犀一點，確信細如蜘蛛螻蟻，都有思想、感情，都知道爲生存而掙扎，而避禍就福的。正在收回視線繼續看書時，卻見一隻小小的飛蟲，在書頁上蹦來蹦去，我生怕翻書時會傷害到牠，正想用紙輕輕把牠包了送出門外，牠卻一下子飛起投向燈光，不偏不倚地就撞在那個蜘蛛網上，掙扎了一陣，就不能動彈了。我一時手足無措，對牠的誤入陷阱深感抱歉。如要救牠，又怕戳破蛛網。而說時遲，那時快，那隻蜘蛛已快速地過來一下子把飛蟲掐住，二者的體積相差無幾，而飛蟲卻成了蜘蛛一頓豐富的餐點。眼睜睜的一場生死搏鬥，出現於剎那間，使我矛盾的心情，難以平靜，想想蜘蛛需要求生，飛蟲卻有何罪？但這是生態平衡的自然現象，我是一個人，我如果伸手撲滅蜘蛛，爲了清潔，也是可原諒的順應自然現象吧。但我已眼看了這場殘殺，再也不忍跟進。只好關了燈，換到沙發上去看書。

今晨看燈罩裏蜘蛛不在，可能外出散步了。我只得萬分歉疚地把蛛網撣去，讓牠再到別處經營新網吧，我寧可眼不見爲淨。

我將此事告訴外子，他連連搖頭歎氣說：「你不顧家裏的環境衛生，你的婦孺之仁，已到了愚蠢的程度，眞是無可救藥。」

我知道自己的愚蠢，也恨自己的不能作理智抉擇，但我總在想，蜘蛛與飛蟲都有求生的權利，究竟誰是該死的呢？在大自然中，處處都是生機，也處處都是危機。雀捕螳螂貓捕雀，就看哪一個的身手快，捷足先登了。

看到一篇文章，題目是〈我不知道我是否還要堅持——一條烏魚的自述〉。是爲了每年烏魚季節的來臨，漁民與商販們都指望在這段期間大發利市。但是沿海海水的日益污染，是否會使他們的希望落空。該文是用第一人稱的烏魚自述口吻，充滿了感性的文藝筆調，寫來十二分動人，我覺得此文的主旨雖然在提示人類注意環境的維護，和對大自然生物的愛惜，而作者設想烏魚對產子神聖任務之堅持，對那一處又藍又亮的海水，被傳誦爲天堂之處，是那麼的一往情深，寫來絲絲入扣。直到最後，烏魚和牠的同伴，都入了人類的網罟，她才領悟：「這一次我再也回不去了，但如果我能再回去，是否還會有同樣堅持的心情呢？」寓意之深遠，令人泫然欲泣。我恍惚自己就是那條任緣起緣滅，無怨無悔的烏魚。懵懵然不知人類的殘暴與自私，卻以一分綿延子孫的堅持執著，奉獻了自己，成了人類的祭品。

我不知品美酒者於舉杯嚼烏魚子之際，可曾想到恆河沙數未成形即遭慘殺的小生命。

忽然想起古代詩人的句子：「自製藕絲衫子薄，爲憐辛苦赦春蠶。」菩薩心的詩人，幻想以藕絲代替蠶絲製作春衫，以免春蠶於一死。慈悲之念，只有賴詩人之筆，廣爲傳播了。

——民國七十八年二月二十日《世界日報》

護生樂

在社區圖書館裏發現一本書，書名《鳥兒救護車》。封面畫著三隻小雛鳥，仰起脖子，張著嘴，等待主人溫柔的手，餵給牠們美味。

書中附有多張寫實的圖片，我一見鍾情，就借回細讀。作者Arilline Thomas是位中年婦女。她感情細膩，對小鳥們觀察入微，文筆自然、眞摯。全書讀來引人入勝，趣味盎然。

她居家閒適，時常撒些穀類款待庭前飛來的小鳥，享受「得食階除鳥雀馴」的樂趣。有一次她聽到一聲聲微弱驚悸卻十分熟悉的哀鳴，立刻發現是一隻大野貓啣著一隻小鳥，她連忙把牠搶救下來，看羽毛花色好像是她餵過的。她小心地把牠放在一隻墊得軟軟的卡通紙匣裏，悉心予以照護。治好了牠受傷的腿和翅膀以後，把牠放回庭前樹枝上，牠卻依依不捨地一直棲息在她庭院中，自由來去，還帶了牠的一個伴侶來同享美味。將近一年，伴侶飛走了，牠仍朝夕飛回與她作伴。鳥類之情深義重，使她非常感動，也引起她照顧受傷鳥雀的濃厚興趣。

她時常向禽鳥保護會人員請教，他們就請她當志願軍，協助救護鳥雀。附近鄰居飼養者有什麼問題，或看到有受傷的小鳥，都打電話向她求援。她就用一隻小卡通紙匣，把牠們帶回家來治療，她就稱這隻卡通匣爲「鳥兒救護車」。

鳥兒們與她非常親熱。有的頑皮地停到她頭頂下嬉戲；有的撒嬌地一定要她親手餵牠食物。有一隻鳥吃盤子裏流汁東西時，會濺得全身羽毛都濕漉漉的，她就用一塊塑膠圍兜圍在牠脖子上進餐。牠每次看到她拿起圍兜，就雀躍非凡，知道又有東西吃了。她觀察有一隻療傷中的鳥，在籠子的橫木上啄了三個大小不同的孔，竟是專爲自己吃大小不同的穀類用的。她故意將一粒小穀子放在大孔裏，牠就把它啣出來，擺在遠遠的一堆穀子一起。扭過頭來看看她，彷彿告訴她：「你弄錯了。那是我的餐桌，不是放糧食的地方。」其通靈性一至於此。

她有一個朋友所飼養的鳥兒，腳爪腫了，不能站立，向她請教。她一看就知道是患了痛風症。因爲主人給牠餵了太多的牛奶麵包。她說：「跟人類一樣，過多的營養，太少的運動，一樣不相宜於鳥類。」

我看到這裏，不由得笑起來，對素有此病的老伴說：「你眞是無獨有偶，當與鳥兒同病相憐。」他也笑笑說：「我以後腳趾頭腫了，你不要再埋怨我貪吃花生米，人家對鳥兒都那麼好呢？」

自己有病，越發能推憫萬物的病痛。這位作者的鳥兒救護車，充分發揮了她民胞物與的情懷。她對鳥兒們的細心呵護，無異母親之於兒女，而且她在這方面的知識經驗，愈來愈豐富，從其中所獲得的快樂安慰，也愈來愈多。

我於閱讀時，也分享了這位仁慈作者同樣的歡慰。她說由於現代文明的各種設施，時常使鳥兒們遭到無妄之災。例如牠們原可自由飛翔在高空的，卻偏偏撞上插雲大廈的門窗玻璃而昏倒，跌落在路面被汽車輾死。有的小鳥在習飛時不愼而跌在地面上奄奄一息，有的從屋頂通風管落下而重傷。都是時常發生的悲劇。她自己盡力搶救以外，更呼籲居民多多愛惜無辜的小生命。她這分護生的慈悲心，實在令人感動。

事有湊巧，我也遇上一件有趣的事。有一晚進餐時，忽聞一陣嗡嗡之聲，抬頭一看，卻見一隻黑色大野蜂在倉皇地飛舞。老伴以往一見飛蟲類，總是捲起報紙就打，經我再三勸阻，請他手下留情，他才把任務交給了我，看我口中念念有詞，施展出降龍伏虎之功，把蟲兒們乖乖地請出屋外，他也感到非常高興。但這次的大野蜂，他生怕會刺傷人，叫我特別小心。我雖略存戒心，但認爲我不傷牠，牠必不傷我。無奈牠一直不肯停下來。我只好將全屋電燈關去，開啓落地陽臺門，把門外電燈開亮，想牠一定會飛出去。我們只好暫時上樓。一小時後下來，扭開廚房的燈，卻見牠無力地在地上爬行，想來一定是撞在玻璃窗上撞昏了。我連忙用一張軟紙放在牠身邊，牠就慢慢地爬上來，我不敢將紙摺攏，生怕傷了牠嬌軟透明的翅膀，就平平地雙手將紙捧出門外，想把牠輕輕抖落在矮矮的香柏樹上，可是牠貼著紙不下來，我只好把紙平鋪在樹葉上，讓牠休息一陣，自會飛走。

次晨醒來，馬上想起野蜂，連忙下樓開門去看，卻見牠仍然伏在紙上，一動不動，竟是奄奄一息的樣子。我想一定是早春的寒氣，使受傷疲累的小生命承受不了，很後悔不該將牠放在門外的。我特地戴起老花眼鏡，對牠仔細觀察。牠纖細的腳，無力地支撐著半個身子，斜臥在紙面上。清晨的微風吹來，牠微微在顫抖。這證明牠還活著。但門外太冷了，還是把牠捧進屋子來吧。我忽然想起「鳥兒救護車」裏所寫的卡通紙匣，立刻奔到地下室找出一只小小硬紙盒，到門外把野蜂連紙一起捧入盒中，捧進廚房，放在餐桌上，開亮電燈，頓覺屋子裏暖和多了。我看牠稍稍顫動了一下，就俯身用口中暖氣去呵牠，牠頭上的一對觸鬚四面八方地轉動起來，一對大眼睛似乎在盯著我看，牠已漸漸甦醒過來，牠不會死了。我眞是好高興，就繼續用暖氣呵牠，好像對牠作「人工呼吸」，牠愈來愈清醒，想把歪斜的身子撐起，卻是沒有力氣。我忽然明白，牠是餓得太虛弱了，可是我能餵牠什麼呢？對了，蜂蜜，我正好有剛買的野蜂蜜，不正對了牠胃口嗎？就連忙打開罐子，用筷子蘸一點點伸到牠嘴邊。那香味立刻使牠振作起來，牠竟把兩隻前腳搭在筷子尖上，嘴巴湊上來大吃特吃起來。那姿態，就像嬰兒吮吸母奶一般。吮完了筷子尖上的，又俯下身去吮滴落在紙面上的。看牠躊躇滿志地飽餐以後，體力已完全恢復過來，目光炯炯地望著我，然後用一對前腳搓牠的觸鬚，搓牠的嘴，再用後腳搓牠的翅膀、肚子和屁股，馬上顯得精神百倍的樣子。我生怕牠一下子飛起來，豈不又要撞上玻璃窗，害得我手忙腳亂。就輕輕對牠說：「你現在千萬別飛，我把你送出門外去再飛吧。」牠似乎聽懂了，伏著一動不動，由我捧著盒子走到外面。此時，溫暖的陽光，已照在整株香柏樹上，綠油油的葉子，閃著透明的亮光。我把紙捧出來，放在樹枝上。牠聞到那股清香味，也感到春陽的溫暖，更起勁地搓搓觸鬚與翅膀，一下子就振翅飛起來。在我頭頂前方盤旋一陣，然後倏然而逝。

野蜂活了，牠快快樂樂地回家去了。

我捧著空盒子回到屋裏，心頭是萬分飽滿與欣慰的。我深深感念造物者的神奇與恩德，賦予小小的生命以完整的肢體，靈敏的官能，和堅毅的求生意志。我也深深體會到自然萬物各得其所，欣欣向榮，以及與蟲鳥通情愫的無限樂趣。

想起那位作家的「鳥兒救護車」，看看手中的盒子，我不由得要稱它爲「昆蟲救護車」了。

——民國七十七年七月三十日《中央日報》副刊

第二輯

懷舊篇

長風不斷任吹衣

對於讀書與寫作興趣之培養，令我不能不飲水思源，感懷當年兩位恩師的誨諭。

高一時，國文老師王善業先生，對我讀書的指導、心智的啓發至多。他知道我在家裏跟家庭教師讀書時，已經看過兩遍紅樓夢，就教我讀王國維的紅樓夢評論，由小說探討人生問題、心性問題。知道我已讀過左傳、孟子、史記等書，就介紹我看朱自清的古書精讀與略讀，教我如何消化、吸收。他說讀書不要貪多，貪多嚼不爛，等於白讀，好書必須精讀，把心得感想記在筆記本裏，喜愛的句子抄下來，就是心到、手到；如果是自己的書，就在書上眉批加圈點、加批評。這就是「我自註書書註我。」一本書經過一個用心的、會讀書的人讀過以後，不但人受書的益，書也受人的益，彼此莫逆於心。好比交朋友一般，初見時都只是泛泛之交，深交後如發現意氣相投，就成知己之友了。一個人一生一定交過很多朋友，但眞正的知音只有幾個。正如平生可以過目萬卷，而供你一生受用不盡的書不過幾部。

王老師諄諄善誘，做的比喻讓我心情放鬆，不致面對浩瀚書海而無所適從。他說如遇到一本你心愛的書，就好比書中人會伸出手來和你相握。古人說的「書中自有顏如玉」其實就是這個意思。至於「書中自有黃金屋」也並非功利思想，那就是指知識性的書，教你如何面對人生，謀求實際幸福。他的解釋非常的合於中庸之道，是儒家的，也是道家的，正和他風度的灑脫一般。

那時出版物遠不及今日發達，可供課外閱讀的書刊不多，但王老師總以新觀念灌輸我們，教我們懂得舊書新讀、古書今讀。教我們如何分辨精華與糟粕，不致浪費時間。

他知道我們女生都是多愁善感的，捧著舊詩詞或玉梨魂、黛玉筆記就看得淚流滿面。他笑咪咪地說：詩詞是文學的、哲學的，也是藝術的、音樂的。多讀詩詞，可以淨化人生，驅除煩惱。也就是朱晦庵先生「半畝方塘一鑑開，天光雲影共徘徊」的境界，此心之所以能清如水，就因有源頭活水，而源頭活水，就是日新又新的學問知識。他說世間有許多人之所以斤斤較量，心胸狹窄，猜忌仇恨，都是由於不讀書，不與古今中外之作者交朋友，這樣的人，豈只是面目可憎，言語無味而已。

王老師的話，在當時聽來覺得太迂闊，也太深奧，但年事漸長以後，愈來愈體會到他的豁達與對莘莘學子的期望、愛心。高中三年，沐浴於王老師的春風化雨之中，使我原本憂鬱多感的心，漸漸開展，懂得於哀愁、苦難、挫折中自我砥礪，自我提升。這也就是後來大學的夏承燾恩師所說的：「任何生活皆可以過，但求不迷失自我。」

夏承燾老師的讀書修身之道，與王老師有許多不謀而合之處。他也主張讀書在初學不可貪多，但要有方向，有條理地去讀。他說陶淵明「好讀書不求甚解」是已經把書讀通了的人說的，此話害了許多懶惰學生，聽得我們哄堂大笑。他以飲茶比喻讀書，要從每口水裏品味茶香，而不是囫圇吞棗地爛嚼茶葉。

他說人生年壽有限，總要嚴加選擇，有幾部精強之書，正如有一二可以託生死共患難的至友。他引古人言云：「案頭書要少，心頭書要多。」這句話對我警惕至多。尤其近年來目力日衰，雜務又多，只覺心頭書愈來愈少，案頭書愈來愈多。旅居海外，書報雜誌大批湧來，不讀可惜，讀又無時間精力，但我至少每份拆開，選出想看的剪下留待有空時再看，也不致辜負寄報刊雜誌者的美意。

夏老師勉勵我們要培養一雙慧眼，慧眼並非天賦，而是由於閱讀經驗的累積。辨別何者是必讀之書，何者是瀏覽之書，何者是糟粕，棄之可也。如此方可節省時間，集中心力，汲取各家的眞知灼見，拓寬自己的胸襟，培養氣質，使自己成爲一個快樂的讀書人。袁子才說得好「雙目時將秋水洗，一生不受古人欺。」

秋水洗過的雙目，不就是別具的「慧眼」嗎？

談到作詩，夏老師也另有一番誨諭；他勸我不必強求做詩人，卻必須有一顆詩心。正如不必一定信奉什麼宗教，卻必須有一顆虔誠的心。「詩心」就是「靈心」，虔誠的心就是愛心，佛家的慈悲心，儒家的「仁」，孔子說：「能近取譬，可謂仁之方也已。」就是將心比心，推己及人，「時時體驗人情，觀察物態，對人要有儒家憐憫心腸，不可著一分憎恨。」這幾句話我幾十年來永銘肺腑，也使我於寫作中領悟更深的愛，交了更多的眞心朋友。

袁子才說「吟詩好比成仙骨，骨裏無詩莫浪吟。」我想所謂的「仙骨」，也非天生，完全是由於對人間世相以愛體認而培養出來的。我不求成仙，只要做個快快樂樂的凡人，與人分享快樂，分擔憂患，則天堂自在心中，此心比神仙還快樂了。

提起寫作，我仍忍不住要再嘮叨幾句：

數十年來，我一直只以一顆單純的心，從事寫作。從來沒有試著去探討生命的價值，文學的使命。也不去煩心迎合什麼潮流，或刻意為自己建立起什麼風格。我只是誠誠懇懇地，兢兢業業地寫我的所見所聞，所思所感，不願在文字上賣弄技巧，我尤其厭惡時下以色情譁眾取寵的作品。記得王善業老師引林肯的話誨諭我們作文與做人道理之一致。林肯先生說：「對事要以複雜的腦筋，對人要有一顆單純的心。」此話值得我們深思。一個寫作的人，必須細心觀察人間百態，但他的關懷只基於一個單純的「愛」。

處在這個多元化的大時代裏，只要你熱愛生命，關懷世事，有豐富的同情心，有強烈的是非感，隨處都是寫作題材。你可以憐惜一花一木，也可以放眼看天下；大題可以小作，小題可以大寫。

文學的路是永無止境的，莫泊桑說「天才是由於恆久的耐心。」沒有耐心的急功好利，即使取寵於一時，也經不起時間的考驗。

我永遠記得夏老師灑脫地念了他自己的兩句詩：

短髮無多休落帽
長風不斷任吹衣

上一句是謙沖藏拙，不求出鋒頭之意，下一句是表現了兀立不移的風格。今天複雜的社會形態，也正是「長風不斷」變化多端的時代。年輕人要如何把握原則，充實自己，虔誠地讀書，虔誠地創作，才見得「長風不斷任吹衣」的境界呢?!

——民國七十八年九月一日《聯合報》副刊

母心・佛心

我接受了整整十年的基督教學校教育，卻一直信奉佛教，是因爲先父母與先師都是虔誠的佛教徒，家庭氣氛與平時的耳濡目染，使我深深感到佛的圓通廣大，佛的慈悲包容。無論智愚賢不肖，只要信佛，都能培養起一顆溫柔的菩提心。睜開慧眼，在濁世中見淨土。維摩詰經說：「心淨國土淨，心浮國土浮。」可見心外無淨土，心外無佛。

這一點淺近的體認，完全是由於母親的身教。

母親沒有讀過詩書。她平生只會背誦四種經，就是心經、往生咒、大悲咒、白衣咒。因此我也只會背這四種經。母親每見牲畜有病痛或自己不慎誤殺昆蟲時就合掌念往生咒，希望超度牠們脫離苦難。遇親友有病痛時，就念大悲咒、白衣咒。她說廣大靈感的觀世音菩薩無所不在，祂會解救一切衆生的苦難。遇到她自己身體不適或心煩意亂時，就念心經。念到「色不異空，空不異色，色即是空，空即是色」時，她就顯出一臉的安詳平靜，然後笑嘻嘻地開始一天的忙碌工作。

直到如今，我每於念經時，心頭同時浮現的是觀音的法相，和母親的慈容，也感到煩憂頓消，怨怒自息。我並不明白「色不異空，空不異色」的深奧佛理，但覺母親一顆無爭、無怨、無尤的心，就是佛心啊！

——民國七十九年一月二十四日《聯合報》副刊

蟹醬字

一提筆寫字，就會想起童年時老師那張結冰的臉。當我打著哆嗦把描好的大字雙手遞上去時，他的拳頭在桌上一搥說：「看你的蟹醬字，重寫。」

我眼淚一顆顆掉下來，掉在黃標紙上，把蟹醬字都浸濕了，浸化開來了。

老師爲什麼嫌我的字是蟹醬字呢？這就得怪母親。母親自己不寫字，也認不得多少字，但來得會形容，竟拿蟹醬來形容我的字。

蟹醬是故鄉的一種海鮮名產，把螃蟹敲成碎碎的醬，用生薑、鹽、酒、胡椒等在瓶子裏泡浸一個月，打開瓶蓋，香中帶腥，腥中帶臭，再加點醋，那股鮮味，馬上叫你胃口大開，飯吃三碗。

我最最喜歡吃蟹醬，總是喊：「媽，我要蟹醬，蟹醬『配飯配走險』（下飯得很）。」母親就會邊笑邊說：「配走險、配走險，吃多了蟹醬，你的字也會像蟹醬那樣難看險（難看得很）。」我一想到習字就懊惱，管它難看險不難看險呢，反正蟹醬是天下最最好吃的東西了。

母親對我說了還不算，又去告訴老師。有一天，她端兩盤剛蒸好的紅豆糕來書房裏，一盤供佛，一盤給老師當點心。我正好抄完作文，揚揚得意地把它放在老師桌上。母親瞇起近視眼看了半天說：「這是什麼字呀？像蟹醬一樣，分也分不清楚。」老師大笑說：「一點不錯，眞像蟹醬，她就是這樣不好好寫字，作文倒作得滿好的。」母親又加了一句：「我說呢，是蟹醬吃多了嘛。」說完，她就一搖一擺地走了。

老師非常誇讚母親會形容。他說：「螃蟹的樣子是一個大殼，兩隻大鉗、八隻腳，四面八方撐開，到處無規則的橫爬，已經夠難看了。所以說『瞎子寫字眼，像隻八腳蟹。』活的蟹已夠難看，剁成了醬還成個什麼體？」他愈說我愈生氣，只好回到廚房跟母親發脾氣。「都是你，笑我的字難看，老師愈加要我重寫了。」母親慢條斯理地說：「重寫就重寫嘛，我是不會寫字，我若會寫字，一定練出一手龍鳳字。」那是一位天才小叔誇自己的字「龍飛鳳舞」，母親又聽進去了。她最最喜歡「龍鳳」兩字，成雙作對的多好。

從那以後，老師就把「蟹醬字」掛在嘴上。高興的時候，笑嘻嘻地叫我下回用心點寫。不高興的時候，就把桌子一拍，說：「看你的蟹醬字，重寫。」

我卻只記得他生氣時候那張冰凍的臉，因此一到習字，就四肢乏力，背都直不起來。寫出來的永遠是蟹醬字，也因此恨透了習字。直到如今，寫的永遠是一手蟹醬字。

當年明明記得老師勸諭我的話：「書信是在長輩或朋友之前出現的千里面目，而字又是書信的面目，一個人，外表衣冠不整，縱然有滿肚才學，也是不行的。」他還指點我臨帖、看帖。三希堂、諄化閣等都一一摸過，可是生有鈍根的我，就是一點帖意也感染不上。不像大我幾歲的小叔，看什麼碑帖都能融會貫通，能寫出一手古意盎然的好字來。他如生於今日的環境中，眞將是一位出名的書法家。可惜他自歎「因無骨相飢寒定，只合生涯冷淡休」，早早地就過世了。

我長大以後，也曾自怨字寫得太醜。小叔反倒安慰我說：「不要緊，古來大文豪字寫得好的也不多，唐宋八大家之一的王安石，據說他的字像斜風細雨，很難看的。」他又笑笑說：「你媽媽封你是蟹醬字，將來你若學會寫文章，配上蟹醬字，倒也別有一格呢。」

進大學後，受業於恩師夏承燾門下。他一看我的習作詩詞，總是微微頷首以後再連連搖頭，我知道他對我是責望多於讚美，尤其是一筆字使我汗流浹背，不敢仰視。後來漸覺老師和藹可親，就將母親和老師形容我的蟹醬字的故事講給他講，他拊掌大笑說：「蟹醬字也好，只要能寫出個體來，但總得下功夫練呀！字無百日工，你每天清早起來先練字，持續一個月便見進境。」

我聽他話開始練字，臨的是夏老師寫他自己的詩詞。因為我對臨帖已視為畏途，總覺古人邈不可接，學自己所敬佩老師的字，至少有一份親切感。那時我住在學校簡陋的宿舍裏，每天一清早被臭蟲咬醒，爬起來捉完臭蟲就磨墨習字。燈光既暗，渾身被臭蟲咬過之處又奇癢，豈能專心習字！練了多少天，看看仍舊是一片蟹醬字。想此事有關天分，非勉強學得來的，就灰心放棄了。老師知孺子不可教，也就沒再勉強我。

有一次我去拜謁老師，他不在家，我在桌上留了張條子，次日他給我來信誇我：「書法進步，幾出吳君上。」使我大為吃驚。因為他所指的吳君是一位才女，書法是人人誇讚的。我何能出她之上？這明明是恩師溢美鼓勵的苦心，於是我又著實奮發地練了一陣子，可是五分鐘熱度過去又懶了下來。忽然記起行篋中帶有一位父執爲先父抄的全本心經、金剛經，寫的是黃道周體的小楷，我十分喜歡，就用心從頭抄了一遍。捧給恩師看，他點頭微笑說：「蟹醬中有點味道了。」

畢業後離開恩師，避寇深山中，恩師每回輾轉寄來的信，總諄諄勉我：「讀書習字，不可一日間斷。」而疏懶的我，未能努力以符恩師之期許，馬齒徒增，悔之無及。

如今面對自己的蟹醬字，就會在心頭浮上三張不同的面貌——慈母叫我把蟹醬字練成龍鳳字的笑咪咪神情，家庭教師拍著桌子說「重寫」時那一臉的冰霜，和瞿禪恩師溫而厲的頷首或搖頭。還有就是那位天才小叔勸勉我的話：「閒來你如果會寫文章，配上蟹醬字，倒也別有格。」

看來，我只有努力在寫文章上求進步，無妨保留我的蟹醬字，也算「別具一格」吧。

——民國七十八年一月十八日《聯合報》副刊

「好收藏者必竊」的印證

曾讀到一篇文章，談「好收藏者必竊」，不免引起我一些聯想和記憶。

相傳宋代名畫家米芾，都曾動過竊畫的念頭，只是偷竊未遂而已。原來米南宮除工山水人物外，又擅於臨摹古本，足以亂眞。常借來友人名畫臨摹後，將兩者一並送與友人辨認，友人竟不能分別何者是原本，米芾頗以此自豪。

有一次，一個朋友捧一幅牧童牽牛的古畫請他鑑賞，他讚不絕口，要求朋友將畫暫時留下，供他再仔細欣賞。當晚，他施展絕技，將這幅畫臨摹下來。次日朋友來取時，他忽心生貪念，乃藏起原本，將自己的臨本給朋友，企圖以偷龍換鳳之法，留下眞跡。朋友對他的畫仔細審視一番，笑笑說：「這是你的臨摹，不是原本。」米芾暗暗吃驚他的識辨力，卻仍分辯道：「明明是原本，怎麼說是臨摹？」朋友大笑道：「你這位大畫師，也有百密一疏之時。你可曾注意到我的畫中那頭牛，瞳仁裏有牧童的影子，而你就沒有畫出來。」

米芾不免滿面羞慚，只得把原本取出還給物主。畫家竊畫，較之「好收藏者必竊」，似乎更勝一籌了。

這是前人的軼事，現在來講一段我童年時代親眼目睹的有趣事情。

我家居住杭州時，常有一位白白胖胖的張伯母來串門子。張伯母很富有，每回來都是穿著華麗，渾身珠光寶氣，而且總披著一條金光閃閃的絲圍巾，一甩一甩的，看得我眼花撩亂。我家那位嚴厲的二媽，凡是有客人來，總命我遠遠走開，生怕我小孩出醜。惟有這位白胖的張伯母來時，卻命我緊緊跟在她後面東走西走，我也就落得跟在後面，把張伯母頭上戴幾朵珠花，手上戴幾隻戒指，看得清清楚楚，心中的羨慕，自是不用說了。

張伯母喜歡東張西望，看見桌上的擺飾，一定拿起來摸一下才戀戀不捨地放下。有一次，她拿起廂房佛堂裏一尊拇指大小的翡翠彌勒佛，放在手掌心裏看了又看，只是不把它擺回去。我站在她後面，薰著她濃烈的香水味，有點昏昏想睡了。她忽然一個轉身說：「我們走吧，這間房子太悶了。」我也就跟著她走出來。才走了幾步，卻見二媽的親信娘姨劉媽快步走來了，她大聲喊道：「張太太，您怎麼儘著不出來呀？點心都涼了。呀，您的大絲巾眞漂亮，讓我摸摸看。」說著就去拉張伯母的絲巾。張伯母一手捧著提包，一手的拳頭捏得緊緊的。劉媽忽然叫道：「怎麼佛堂裏那個紅木坐墊是空的，那尊翡翠彌勒佛呢？」我也不禁回頭一看，果然紅木坐墊是空的，那麼是張伯母拿起彌勒佛來看半天，沒有放回去嗎？還是她的大絲巾一甩，把它甩到地下了呢？我呆呆地愣著，卻聽劉媽說：「張太太，您手上的鑽戒眞大眞漂亮，讓我看看。」她就硬要扳開張伯母捏得緊緊的手，那一臉咬牙切齒的神情，看了令我發抖。張伯母也慌了，不自主地攤開手，那尊笑咪咪的翡翠彌勒佛，就端端正正地坐在她手掌心裏。劉媽隨即尖聲尖氣地問：「喲，彌勒佛怎麼會在你手心裏呀？」張伯母連忙說：「我想拿到外面太陽亮的地方，看看是眞翡翠還是假翡翠。」劉媽說：「不用看啦，您家寶物那麼多，哪有一眼分辨不出來的？我還是把它擺回去，免得砸碎了，老爺和二太太會怪到我們下人不小心。」說著，她就一把將彌勒佛拿過去，放回紅木座墊上，卻對我做個怪臉說：「大小姐，你一直在邊上，一定看得清清楚楚的吧。」

劉媽的伶牙俐齒，張伯母的手足無措，嚇得我站在那兒呆若木雞。心裏既慌亂，又惱怒，那種難以名狀的複雜心情，竟使我忍不住哭了起來。彷彿自己作了「賊」被人抓到似的，我深惡劉媽的仗勢飛揚跋扈，吃驚於張伯母的偷竊行為，更惱恨自己為什麼被人派作監視與人證。

張伯母灰頭土臉地從邊門直接走了，劉媽得意洋洋地回去報功。我呢？抹著眼淚鼻涕，回到母親身邊，將經過情形一五一十告訴母親。母親默默地聽著，不發一言。只輕輕歎息了一聲。我問她：「媽媽，張伯母那樣有錢，為什麼還要偷呢？」母親笑了一下說：「她不是偷，她是生來手癢，看到好東西就想拿。」我說：「媽媽，您做的又香又甜的棗泥糕，供在佛堂裏，我看了也就手癢呢。」母親說：「無論什麼東西，沒有先向別人說一聲就自己拿的，就是偷。」她又正色說：「張伯母一定很後悔做這件事，以後她來了，你可千萬不要跟她提翡翠彌勒佛的事。」我點點頭說：「媽媽放心，我不會的啦！」

從那以後，珠光寶氣的張伯母就沒有再來過。

還有一段往事，至今思之，仍不免耿耿於懷。

先父有一位朋友（姑隱其姓名），家中藏書至豐。每來我家，總聽他同父親說他又以高價購得某某人的宋版詩文集，言下不勝得意。一面又在父親書櫥中抽出幾部宋版文集，隨意翻閱一陣以後，胡亂地攤在書桌上，就顧自走了。父親總命我一一整理放回原處，我心裏卻大大不樂意。

有一回，父親買來一部白香山全集。認爲樂天的詩淺近易懂，命我多讀。因此我就把這部集子擺在書桌邊的矮櫥上。還沒來得及讀呢，「長腳根」的伯伯來了，他一眼看見白香山集，就自說自話打開木函，抽出一本咿咿呀呀地唱起來。還對我說白樂天的新樂府是最好唱最好聽的了。我心裏不高興他，就一聲不響走開了。

他唱了一陣，卻對父親說，「先借我這部書，過幾天送回。」父親只好答應，我心中大大不願意，卻又無可如何。

沒想到他借去半年還一直不還，我卻時時牢記心頭。有一次忍不住問他：「伯伯，您借的白香山全集呢？」他漫應道：「我在圈點，將來可以教你讀。」

我才不要他教呢，我的書，他怎麼圈點起來了。我將此話稟告父親，父親淺笑一下說：「讀書人常常有怪脾氣，我只是佩服他『古風』作得好。」我生氣地說：「他古風作得好，人卻一點沒有『古風』。」父親說：「對長輩不可這樣說話。」我只好啞口無言。對這位父執的不滿，就不只是爲他借書不還了。

白香山全集始終沒有歸還，不知父親是否淡忘，還是原諒他的健忘。直到抗戰開始，我們兩家都避亂回到故鄉。一年後父親逝世，他曾無一字弔唁。臨喪不哀，區區一部文集，更無心向他追究了。

抗戰勝利後，檢點杭州與故鄉的書籍，因被日軍轟炸，都已殘缺不全。不久大陸變色，我家都是婦孺，倉皇中只得將所餘書籍，捐贈浙江大學圖書館。到了臺灣，才知那位父執的全部書籍，都已藉力量安全運臺。

爲了好奇，有一天我忍不住到他那兒參觀他的藏書樓，放眼望去，四壁整齊的書櫥中，四部叢刊、四部備要、四庫全書珍本，以及許多珍貴的宋版文集、詩集，琳瑯滿目，看了好不令人羨慕。我心中仍未能忘記我的《白香山全集》，不免仔細審視，竟發現它赫然就在書櫥中。我立刻忍不住地喊：「伯伯，這部白香山全集是你在很多年前向我父親借去的，現在可以還我了。」沒想到他生氣地說：「你眞是胡說，所有的書都是我自己買的。我絕不向人借書，我的書也絕不借人。」他那虎視眈眈的神情，倒像把我看作一個偷書賊呢！

我氣惱的是當年父親未曾在文集上蓋下圖章，如今口說無憑。何況他書櫥上貼著「請勿抽閱」四個大字，我又不能擅自動手翻閱。只得悻悻地離開他家，連聲道別的話都懶得說了。

時隔數十年，對這件不愉快的事，總是記憶猶新。追念先父律己甚嚴，而待人寬厚。我何以不能原諒這位父執借書不還、占爲己有的行爲呢？但以他一個飽讀詩書之人，與前文所述的張伯母相比，反覺得張伯母的偷竊翡翠彌勒佛，是格外可以原宥的了。

——民國七十八年十一月十一日《聯合報》副刊

病中憶

因不慎傷膝，臥床休養，不由得想起許多兒時情景，我幼年時多病，長輩們常笑我是藥罐子裏長大的。

現在追憶起來，其實有好多次的病是假裝的，假裝的原因，一來是借病賴學，不想背家庭教師點給我背的女誡、女論語；二來是只想偎依在母親懷裏，聽她唱「十條手帕」、「十八相送」，聽外公講「王十朋」和「白蛇娘娘得道」的故事。

最最喜歡的是母親常用自己的額角，貼在我小小的前額上，試試看我是不是有熱度。因爲，我一感冒傷風總會發燒，那個時代沒有體溫計，母親額貼額的測量是最最準確的，有一絲絲熱度，她都會感覺得出來。

若是裝病的日子，我就把頭蒙在被子裏一陣，蒙得熱烘烘的，然後伸出頭來喊：「媽媽，我的額角好燙喲。」母親把臉俯下來，額角貼額角半晌，笑咪咪地說：「哦，有點熱度，不太高，喝碗紅豆糯米粥就好了。」我掀開被子，一躍而起說：「熱騰騰的糯米粥是退燒的呀。」母親說：「對呀，還有紅棗糕呢。」

好媽媽，她明明知道我是賴學裝病，若是眞發燒的話，她才不給我吃紅豆糯米粥和紅棗糕呢。她把我拉起來，幫我穿好棉襖說：「你就坐在屋子裏，我把糯米粥端進來給你吃。可別走出去，老師就坐在廊簷下看書呢。」

媽媽是在幫著我逃學呢，她心疼我背書背不出的苦。

但若是遇上我眞正發燒的日子，母親就焦急得團團轉。給我抹了薄荷油又餵薑茶。不時用額角來試我的溫度之外，又請了在廚房裏幫忙的五叔婆來試試看。五叔婆一身的油垢味，額角上頭頂上都抹了烏漆漆的黑炭。我好怕，就把臉轉開去躲她。其實她並不來貼我的額角，只把柴棍似的粗手伸過來在我額上一按說：「沒有熱呀。」她的手心那麼燙，怎麼試得出我有沒有熱度？但是母親經她這麼一說，好像就放心不少。五叔婆走開以後，我就噘起嘴說：「我不要五叔婆摸我的臉，我也不要她端糯米粥給我吃，她老打噴嚏，好髒啊。」母親生氣地說：「你生病了還這樣難弄。五叔婆幫我好多忙，沒有五叔婆，我的腳後跟還要痛呢，你不要嫌她這樣那樣的。她年紀大了，沒有依靠，才來我們家，我們要好好對待她。」我說：「我喜歡外公，不喜歡五叔婆。外公會講故事給我聽，五叔婆好兇啊，不讓我抱著小貓咪走到她身邊去，說我身上跳蚤有一擔。她去豬圈裏餵豬，身上跳蚤才多呢。」母親輕輕拍了我一下嘴說：「不許再講了，再講熱度還要高。」她把我被子四周塞緊，叫我乖乖地睡一覺，出一身汗就好了。

若是熱度不退，反而升高呢？母親就會用外公傳授給她的土法——生薑熬菜油，擦我的四肢關節，這時就非五叔婆幫忙不可了。五叔婆全是裂紋的手，從滾燙的油中撮起生薑，怎麼會一點兒也不怕燙？母親解開我的衣服，脫出袖子，五叔婆就在我關節上、背上來回的擦。嘴裏還喃喃地念：「這裏是穴道，要多擦幾下。」沒想到她的粗手粗腳，擦起來竟會不輕不重，非常舒服。四肢渾身都擦遍了，再用粗紙把油擦乾淨，得意地說：「我的兩男兩女，小時候有病，都是我用生薑熬菜油擦好的。」我說：「是外公教你的嗎？」她說：「你外公只會捧著藥書看，那裏會醫病？」

她端著油盞走出去以後，母親在我耳邊輕聲地說：「你還嫌五叔婆髒嗎？她多疼你呀？」我奇怪地問：「媽媽，她怎麼知道哪裏是穴道呢？」母親說：「她兒女多，有經驗。」停了一下，又歎了口氣說：「只是她兒女一個個長大了都不怎麼照顧她。」母親的神情有點黯然，我也覺得五叔婆好孤單，我不應該那麼嫌她的。

那時鄉下沒有西醫，更沒有特效藥，有點小病小痛，都是用土法治療。我就在這樣的土法照料中平安長大。直到如今，每感不適，就會想起母親溫暖的額角貼我的臉試體溫，和五叔婆粗糙而熟練的手為我擦菜油熬生薑的那份舒適，心頭感到難以名狀的悵惘。

——民國七十九年四月八日《聯合報》副刊

爸爸教我們讀詩

爸爸是個軍人。幼年時，每回看他穿著筆挺的軍裝，腰佩銀光閃閃的指揮刀，踩著喀嚓喀嚓的馬靴，威風凜凜地去司令部開會，我心裏很害怕，生怕爸爸又要去打仗了。我對大我三歲的哥哥說：「爸爸爲什麼不穿長袍馬褂呢？」

爸爸一穿上長袍馬褂，就會坐轎子回家，在大廳停下來，笑容滿面地從轎子裏出來，牽起哥哥和我的手，到書房裏唱詩給我們聽，講故事給我們聽。

一講起打仗的故事，我就半捣起耳朵，把頭埋在爸爸懷裏，眼睛瞄著哥哥。哥哥邊聽邊表演：「砰砰砰，孫傳芳的兵倒下去了。」爸爸拍手大笑，我卻跺腳喊：「不要砰砰砰的開槍嘛！我要爸爸講白鶴聰明勇敢的故事給我聽。」

「白鶴」是爸爸的坐騎白馬。牠英俊挺拔，一身雪白的毛，爸爸騎了牠飛奔起來，像騰雲駕霧一般。所以爸爸非常寵愛牠，給牠取名叫白鶴。

一提白鶴，哥哥當然高興萬分。馬上背起爸爸教他的對子：「天半朱霞，雲中白鶴，湖邊青雀，陌上紫騮。」我不喜歡背對子，也沒見過青雀與紫騮是什麼樣子。我喜歡聽爸爸唱詩，也學著他唱：

慈母手中線，遊子身上衣……
床前明月光，疑是地上霜……

我偏著頭想了一下，問爸爸：「床前明月怎麼會像霜呢？屋子裏怎麼會下霜呢？」

爸爸摸摸我的頭，笑嘻嘻地說：「屋子裏會下霜，霜有時還會積在老人額角上呢。你看二叔婆額角上，不是有雪白的霜嗎？」

哥哥搶著說：「我知道，那叫做鬢邊霜，是比方老人家頭髮白了跟霜一樣呀！」

爸爸聽得好高興，拍拍哥哥說：「你眞聰明，我再教你們兩句詩：『風吹古木晴天雨，月照沙洲夏夜霜。』」

他解釋道：「風吹在老樹上，發出沙沙的聲音，就像下雨一般。月光照在沙洲上，把沙照得雪白一片，就像霜。但那不是眞正的雨，眞正的霜。所以詩人說是晴天雨，夏夜霜。你們說有趣不有趣？」

哥哥連連點頭，深深領會的樣子，我卻聽得像隻呆頭鵝。我說：「原來讀詩像猜謎，好好玩啊！我長大以後，也要作謎語一樣的詩給別人猜。」

爸爸卻接著說：「作詩並不是作謎語。而是把眼裏看到的，心裏想的，用很美的文字寫出來，卻又不明白說穿，只讓別人慢慢地去想，愈讀愈想愈喜歡，這就是好詩了。」

我聽不大懂。十歲的哥哥卻比我能領會得多。他就搖頭晃腦地唱起來了。調子唱得跟爸爸的一模一樣。

在我心眼裏，哥哥是位天才。可惜他只活到十三歲就去世了。如果他能長大成人的話，一定是位大詩人呢！

光陰已經逝去了半個多世紀。爸爸和哥哥在天堂裏，一定時常一同吟詩唱和，不會感到寂寞吧！

我是多麼多麼地想念他們啊！

——民國七十八年八月六日《兒童日報》

守時精神

鄰居的一個孩子在上小學，每天黃色的校車來接他時，從沒看他先站在門口等車，總是讓全車的小朋友等他好幾分鐘，才遲遲地由母親幫他提著書包送上車。有一天，司機不悅地與她交涉了幾句，第二天總算等在門口，按時上車，但不幾天，又故態復萌。這一家是韓國人，我眞爲我們東方人的不守時感到羞恥。眞想問這位母親，爲什麼不訓練孩子獨立地自己候車？不必步步護送。但是，看她那副不理不睬的優越感神態，只好作罷。

守時是做人基本態度之一，自幼即當予訓練，給孩子正確的觀念：浪費別人的時間是非常不應該的。

我在初中一年級時，英文老師非常嚴厲。早上第一節就是英文，沒有一個同學敢遲到。有一個大雪天，我穿著雨靴，蹣跚地走到學校，竟遲到了五分鐘。在課堂門外站著不敢進去，直到老師講解到一個段落之後，她才走到課堂後面把邊門打開，讓我進去，卻只許坐在後排，不讓我走到第一排自己的位置就座。那一堂課，我含著眼淚，如坐針氈，度秒如年。

下課以後，老師把我叫到前面，溫和地對我說：「我無意懲罰你，也沒記下你這第一次的遲到。但我要你知道，一個人要懂得尊重別人的時間，要表現團體精神。你如從前門進來，我又正在講課，一定會分散同學們的注意力，起碼你前後左右的同伴會受你騷擾。你知道嗎？一個人爲你浪費半分鐘，全班二十四位同學就浪費了十二分鐘，這是不應該的。」

我眼淚汪汪地說是因爲大雪天路不好走。她笑了下說：「不要找理由原諒自己，你看別的同學怎麼都到齊了呢？任何困難都是可以克服的，你要培養這份自信心和自尊心。」

她的訓諭如沈重的錘子，一記記敲打在我心頭。從此我沒有再遲到過，不論任何一節課，因爲我牢牢記住，要尊重老師，尊重同學，珍惜我們的班級榮譽。我們班裏都是小小年紀，而勤勞、清潔、安靜，在全校是名列前茅的。我們的努力與自愛，實由於嚴厲的英文老師，與慈愛的級任導師剛柔互濟的輔導。

記得有一回，我悄悄地向級任導師訴說英文老師對我遲到的處罰時，她愛憐地撫著我的頭說：「如果那一次她讓你自由自在地進來，你就會有第二次、第三次的遲到，慢慢地你就會賴床不起來了。人是有彈性的，年紀小小的，一定要把弦繃得緊緊地才夠勁。」

我們都說她是冬天的太陽，而英文老師是夏天的太陽。我們在有時溫煦、有時熾熱的陽光下漸漸長大了。

——民國七十六年四月十七日《世界日報》

大紅包

過新年時，長輩給孩子們的壓歲錢是大紅包。而在我家鄉，小孩子代長輩挨家拜年手拎的禮物，也叫大紅包。包的紙又粗又硬，包得有稜有角，外加一層紅紙，正面貼上店號名稱，用紅麻繩紮好。從包的外形、輕重、大小，就可猜得出裏面是什麼東西，不外紅棗、桂圓、蓮子、白糖、寸金糖等等，全是小孩子聽了垂涎三尺的美味。

過年時，母親就讓老長工阿榮伯去街上兩間最大的南貨店買來兩大籮大紅包，一字兒排在廂房的長條桌上，等過了正月初二，讓我去長輩和鄰家拜年當「伴手」（禮物）。我站在桌邊，踮起腳尖，把下巴擱在桌面上，一個個認紅包上的字眼，猜包裏的東西。「王泰生」、「胡昌記」的店名是我早已熟悉的，費心思猜的是裏面包的東西。阿榮伯說這兩家南貨店貨色都好，分量又足。其實剛買回來時分量是足的，擺上幾天就靠不住了。因爲我和大我三歲的小叔會趁大人看不見時，用手指從邊上伸進去，挖出桂圓紅棗來吃。挖得太多了，小叔就塞些小石子進去，阿榮伯捧起包來搖搖，一樣的咚咚咚響。就笑嘻嘻地拎著包，牽著我去拜年了。

到長輩家拜年都有壓歲錢，我好開心。到鄰居家就只給兩個煮熟的蛋，連聲說：「元寶、元寶。」我不愛吃蛋，就丟在籃子裏提著滾來滾去，催阿榮伯快走。他卻總要坐下來慢條斯理地喝一杯橄欖茶，把橄欖塞在青布圍裙口袋裏，再抽一筒旱煙。我等得不耐煩，就只好摀著兩隻耳朵，看小朋友們放鞭炮。

一圈兜回來，我口袋裏已裝滿壓歲錢。籃子裏也裝滿了元寶蛋。我抱怨他們爲什麼不把大紅包打開，給我吃紅棗桂圓。阿榮伯笑笑說：「你要吃石頭子兒呀？」原來他已知道我和小叔的戲法，我縮了下脖子，眞感謝他沒把我們的惡作劇告訴母親。

其實每家收到大紅包都不打開，只把東邊家送來的轉到西邊家，西邊家的轉到東邊家，轉來轉去，有時會轉回原來的一家。小叔和我就曾在大紅包上用鉛筆偷偷做過記號，認得出哪一個是我們家送出去的。告訴母親，母親高興地說：「元寶回來囉！」

如此轉完了五天，到初六才打開，分給孩子們吃。小石子也不知是那一家塞進去的了。大家都說我們潘宅的大紅包最扎實，紅棗桂圓沒有一顆是爛的。我想如果我們不偷吃的話，一定是眞正扎實的潘宅大紅包，因此心裏有點不安。小叔說：「你用不著不安。過年嘛，沒有一家的孩子不挖大紅包裏的東西吃的。大人們送來送去，只是禮數，也相互討個吉利，誰去數裡面有幾粒紅棗幾粒桂圓呢！」聽他這麼一說，我也就安心了。

拎著大紅包挨家拜年拿壓歲錢的日子已非常非常的遙遠了。如今面對百貨公司陳列出五光十色的新年禮品，我卻越加懷念兒時捧在手裏，搖起來咚咚咚響的大紅包。

——民國七十九年一月二十六日《中國時報》人間副刊

蘿蔔大餐

好容易買到一個大白蘿蔔，當寶貝似的，把它分成三段，用不同的方法做來吃。頂部最嫩，切絲用鹽醃一下，拌糖醋可當提味小菜。中段切片加蝦尾燉湯，清香可口。近尾部切滾刀塊煨排骨肉，加蔥、薑、醬油，和少許的糖，紅紅香香的，便成了一道可以款待朋友的大菜。

一個蘿蔔的「三段吃法」，足見在大都市裏新鮮蔬菜之難求。不由得使我想起童年時代，青菜蘿蔔遍地都是的好日子。那時我家後門一開出去，就是一大片菜園。蘿蔔成熟的日子，小幫工阿喜就帶著我拔蘿蔔，他背個大籮筐在背上，拔起蘿蔔就望肩膀後面一扔，落在大籮筐裏，手勢非常純熟。我力量小，只能提個籃子在後面跟，揀幾個小點的蘿蔔丟在籃子裏搖來搖去做做樣子。

拔得累了，我們就在溪邊坐下來，阿喜揀一個最嫩的蘿蔔，在溪水裏沖洗乾淨，用犁刀刮去頂部的皮，扳下來給我吃，他自己就連皮啃。他說：「蘿蔔、山薯的皮，比裏面的肉還補，吃了健皮的，才有力氣幹活兒。哪像你這樣嬌嫩，腳底心踩到一粒小石子就尖叫。」我聽了雖不服氣，但也不敢分辯，因爲一惹他生氣，他就不帶我玩兒了。

拔回蘿蔔，由母親分類，趁新鮮燒出各種的菜來。加蔥薑蒜炒的，加肉煨的、加蝦尾清蒸的，涼拌的，滿桌都是蘿蔔，卻各有各的味道，那才眞正是蘿蔔大餐呢。

母親說，「蘿蔔出，百病除。」用鹽醃出來的蘿蔔水，是治喉痛最靈的藥。我常常會喉痛。母親就要我早上空肚喝一杯蘿蔔水，還用它嗽口。但那股子味道實在不好聞，臭臭的有點像茅坑水。母親說：「總比要你喝金汁好吧。」原來所謂的「金汁」，就是眞正的茅坑水，多噁心呀！居然可以治喉頭炎。現在想想，大概就是西藥裏的金黴素吧！我一想起來就要吐，趕緊想想清香的蘿蔔水吧。

——民國七十九年二月二十八日《中華日報》副刊

照鏡子

有人說女強人不照鏡子，其實女強人再忙，早起第一件事還是該照照鏡子。看看自己是否有健康的臉色，悅人的容顏。否則一副可憎的面目，這個女強人絕對當不長，別人也不會視她爲女強人。不信且看柴契爾夫人，永遠容光煥發，美髮一絲不亂。

有人說，「女人愛照鏡子，才是正常的。」一點不錯。俗語說「評頭論足」對一個初次見面的人，總是從頭看到腳。以獲得第一個印象，對女性尤然。記得我中學時的女校長，最最注意自己的儀容。對學生的服裝、頭髮、走路姿態，監督得極嚴。每天早操時，她都瞪著一對大杏眼，在我們行列中走過去、走過來，一個個地細看，發現稍有不合格的，就拍你一下肩膀說：「去照照鏡子，好看不好看？」爲了避免頭髮不整齊，或制服前襟沒扣端正，或校徽別歪了，每個同學口袋裏或鉛筆盒裏都帶著一面小鏡子。不時取出來照照，於是大家都養成了照鏡子的習慣。上週會或紀念週時，常常有特別請來的人物在臺上講得口沫橫飛，我們在下面就把一面小鏡子遞來遞去的照。上課時，有的老師像在唱催眠曲，我們就把課本豎起來，偷偷照鏡子，覺得越看自己越可愛，瞌睡也沒有了。即使被在門外巡視的導師或訓導主任發現，也只一笑點下頭就走過去了。

學校的閱覽室裏有一面大鏡子，下課十分鐘休息時，大家湧進去，不是閱讀報刊，而是站在大鏡子面前左照右照，摸摸頭髮、抿抿嘴、做做表情。每個人都覺得自己最美，可見照鏡子是女孩子的專利。

有的男人也喜歡照鏡子，我在歐洲旅遊時，遇到一位幾十年不見的老友，他帶我們遊覽名勝。車到時不開門出去，卻先對著後望鏡左照右照，摸出梳子梳半天頭髮。最令人驚奇的是還摸出電動刮鬍刀刮一下兩腮，等得我們好不耐煩。這樣的男士才是眞正的「娘娘腔」呢。記得他少年時代就愛照鏡子，自以爲是女人心目中的白馬王子，沒想到已是望七之年，依舊江山易改，本性難移——愛照鏡子。

舊時代女性常歎菱花鏡裏朱顏改，現代女性則看見一根白髮，就將它拔去。但據說拔一根，長七根，不如染吧，好在今日的染髮劑效果好，染得一頭烏髮，可以亂眞。

記得我當年「初見二毛」時，雖不曾吟詩作詞，卻是暗暗心驚，既不敢拔，又不甘心早早染髮，就用剪子小心翼翼地，將三兩根白髮齊根剪去。可恨的是愈剪愈茂盛，剪得短短的白髮東歪西倒，就像用舊了的尼龍牙刷。徒呼奈何之外，只好借重「烏麗髮」了。

對著鏡子，先是數鬢邊白髮，後來是數額上皺紋，現在則已兩者都視若無睹了，這才是「朝日看容鬢，生涯在鏡中」呢。

白居易有兩句很灑脫的詩：「鏡裏老來無避處，樽前愁至有消時。」一切順其自然最好。假如你愁眉不展，試著對鏡笑一笑，看看哪一張臉容比較年輕。西諺云：If you have a frown, try to make it up side down，不也是此意嗎？

我更喜歡白居易的另一首詩：「鏡中莫歎鬢毛斑，鬢到斑時也自難。多少風流年少客，被風吹上北邙山。」歎息年輕人早逝。認爲能健康快樂地活到白髮滿頭，也是值得欣慰的。

——民國七十九年四月十五日《世界日報》

餐桌上的無聲

舊時代的家庭規矩，進餐時不許孩子大聲說話的。如果邊吃邊說話，大人們就會敲你一下腦袋瓜，喝聲：「快吃飯。」服從的孩子，只有乖乖兒低下頭扒飯。頑皮的孩子就會故意喊一聲「我好飽啊！」丟下筷子就跑了。

其實吃飯時不許說話，是生怕飯菜嗆到氣管裏會咳嗽，或因只顧說話不好好咀嚼，影響消化。但早年沒有這套衛生理論，都認爲吃飯時說話是對灶神爺不敬，對長輩不敬。因爲鄉下人的飯桌就擺在廚房裏，擡頭就見灶神。孩子們對灶神爺和長輩，要格外有禮貌的。

這種情形，是現代家庭的孩子無法想像的。

現代人生活繁忙，只有在進晚餐時，一家大小或可團坐在一張桌子邊。開明的父母，鼓勵孩子們發表意見，兄弟姊妹可以大開辯論。我看過一篇文章〈餐桌上的聲音〉，就是寫孩子們在吃飯時嘰嘰喳喳的說話，相當有趣，不像我那時的噤若寒蟬。

我幼年時在鄉間隨慈母過著毫無拘束的生活，母親疼我，也不講究禮數，吃飯時連唱山歌都不會挨罵。可是好景不常，自從父親退休，帶了一位二媽回來以後，我就失去在飯桌上說話的自由了。每頓吃飯時，我都想逃得遠遠的，但父親非要我學規矩，命我坐在他身邊。教我左手一定得端著飯碗，肘子不能靠在桌面上，咀嚼時嘴要閉起來，筷子不可碰到盤碗，發出叮叮噹噹的聲音。他說外國人的刀叉盤碟都不發出聲音的。我就是不明白，我只是個土生土長的鄉下姑娘，爲什麼要學隔著大海洋那邊的外國佬呢？尤其使我心驚膽戰的是坐在對面的杭州人二媽，她講的話外路腔我聽不大懂，一雙鳳眼不時向我瞄來，雖然含著笑，裏面卻透出一道寒光，使我不敢抬頭。每餐我都是食而不知其味，提心吊膽地吞下一碗飯。放下筷子，卻又非說話不可，說的是：「爸爸慢慢用，二媽慢慢用。」說得我渾身直冒汗。

有一次，不知怎麼的，我心事重重地忘了說，父親竟然厲聲地問：「你懂不懂規矩？」嚇得我幾乎哭出來，但仍得忍氣吞聲地說完那兩句僵硬的禮貌話，奔回廚房，撲在母親懷裏大哭。

頑皮的四叔還要在一旁諷刺我說：「你在飯廳裏吃的是焖飯，悶著嘴不許說話。我們在廚房裏吃的是炒飯，可以邊吵邊吃。」我氣得直跺腳，卻惹得母親又好氣又好笑。

童心是脆弱的，這一幕記憶對我眞是刻骨銘心，永遠難忘。漸漸長大以後，到了杭州，父親對我已愈來愈慈愛了，但是一上飯桌，我仍然是戰戰兢兢，生怕出錯而變得默默無聲。

有一年暑假，父親心血來潮，帶我上莫干山避暑，住在洋裏洋氣的菜根香大飯店裏。每頓進餐時，父親都要我穿著整齊，進入餐廳，由侍者帶到餐桌邊坐下。我的心就開始抽緊，父親教過我刀叉盤碟不可撞得叮噹作響，是我早已牢記心頭的。他又告訴我喝湯時湯匙不可橫著和嘴唇成平行線，要把湯匙尖對著舌尖，成一條直線，然後一口喝下去，不可發出嘶嘶的聲音，眞是好累啊！沒想到吃西餐還要講幾何原理。尤其是左手揑叉，右手揑刀，弄得我手忙腳亂。一頓飯吃下來，我已經暈頭轉向，忍不住低聲問父親：「我看見外國人不是也在進餐時說話的嗎？你爲什麼不許我說話呢！」父親笑笑說：「我們是中國人，中國人要照中國人規矩，不說話是表示禮貌，也是專心吃飯，孔子不但是食不言、寢不語，還要割不正不食、席不正不坐，這都是很合衛生原理的。」

反正父親總有理由，他教導我的規矩是中西合璧的。父親的笑容慈祥，二媽不與他同行，而讓他帶我這個醜丫頭上莫干山見見世面，也許是一番補償的好意，也許是要父親多點機會把我教育成一個淑女，免得以後出洋相。無論如何，沒有她一雙鳳眼不時瞄著我，在吃飯時，心理上總是自由自在的。

我不免在心中默默地想：「媽媽，您若也能回來莫干山該多好！爸爸和您一定有說不完的話，您爲什麼總是在家鄉的廚房裏，默默地吃著飯呢？」

這樣想著的時候，我不免低下頭去，忍不住淚水盈盈欲滴。父親問我：「你爲什麼不喝湯？你在想什麼？」

我輕聲的答說：「沒有想什麼？我只是試著盡量不發出嘶嘶的聲音。可是胡椒粉的辣味刺激我的眼睛，痠痛得要流淚了。」

那一餐飯，仍舊是默默無聲的。

——民國七十九年七月十六日《聯合報》副刊

第三輯

生活篇

老人病與氣功

都說「人到中年感慨多」，過了「感慨多」的中年，進入老年以後，存亡見慣，哀樂尋常，連那一絲兒的感慨也已淡薄了。剩的就只有腰背四肢的不時痠痛，或偶然的睡眠不好。

童年時常聽母親搥著腿說自己東痛西痛，我就馬上說：「媽媽，我南痛北痛。」逗得母親大笑，輕輕在我肩膀上搥了一拳說：「到你老了就知道了。」如今我老了，只覺渾身不對勁，豈止是東痛西痛，簡直是東南西北都痛，因爲我沒有像母親當年的勤勞。我一向四體不勤，連散步都十分勉強。周身血脈不通暢，其痛也，咎由自取，無法訴苦，也不值得同情。

至於睡眠欠佳，雖尚不是嚴重的失眠症，但夜深轉側，湧上心頭的不是文思，而是萬千愁緒。據說一個人所需要睡眠的時間，與年齡成反比。就是說年事愈高，所需要的睡眠時間愈少。但有一位朋友告訴我，她每晚頭一著枕就酣然入睡，能從頭晚上八點睡到次晨八點，足足十二小時的酣睡，她戲稱自己的睡眠是「嬰兒睡」，眞正令人羨煞。她年齡雖比我小，但尚不致相差一半，即使差一半，照比例，我也起碼可以睡六小時，難道我已老到只需要短短三小時的睡眠了嗎？我如此地在天平上斤斤較量，當然更加無法入睡，閉著眼數小羊，沒有用，念心經一邊想著經文的意義，卻是愈想愈清醒。床頭電鐘的秒針無情地跳過去，每一秒鐘都是我此生在睡眠上無可補償的損失。

東痛西痛與睡眠欠佳，原是極普通的老人病，不致構成嚴重心理威脅。有人說治老人病最好方法是氣功。練氣功談何容易，何況求師無門。聽說在大陸有功夫很深的氣功專家，也只有望洋興歎。有一位中學同學來信說自己會氣功，含糊地提了幾個步驟，卻是語焉不詳。幸得她在今年六月裏來探望兒女了，暢敘闊別以外就是請教她氣功，她馬上站起來示範給我看。她閉目凝神，不到半分鐘，身子就前後搖晃起來。口中念念有詞：「現在我的氣到手指尖了，現在到腳後跟了。我可以讓我的氣從頭頂心進，從腳底心出，從左手心進，右腳心出，渾身就如通電一般，舒服極了。」我奇怪地問：「沒有看你深呼吸呀！」她說：「不要管呼吸！這個氣與呼吸無關。這個氣不是呼吸而是意，意到氣就到。」越說越神了。只知道書畫家有意到筆不到，哪來的意到氣就到了？難道此氣就是孟子所說的浩然之氣嗎？養浩然之氣，談何容易！

她看我頑鈍無法領會，只好慢慢呑呑地說：「那你就吸一口氣，慢慢地往下沈，一直下沈到丹田，再慢慢吐出來。」這可更難了，因爲我這個人，一向「英雄氣短」，吸的氣脹在胸口連橫隔膜都衝不過去，莫說丹田了，何況丹田在那裏我也不知道。同學看我不可教也，笑笑說：「算了，算了，我只知道做，實在教不來。說也說不清楚，本來氣功就是可意會而不可言傳的。」我大失所望，才想起我這位同學，在中學時就是個溫呑開水的性格，即使天塌下來都不急，大小考試過關就行了。好像那時她就一副氣沈丹田的模樣。與她討論功課，她從來就沒把一篇文章的主旨，一段歷史的大要，或代數、化學等的方程式說清楚過。闊別數十年，文革的暴雨未曾改變她穩若泰山的慢性子，一切她都平安地度過來了，如今我想拜她爲師學氣功，她又何能以三言兩語，點化我的迷津呢？可是我看她在我家住的日子，不時的往那兒一站，就搖晃一陣，大概她的氣已經頭頂進，腳底出了。

我由於自己的愚笨，感到很懊惱，外子說：「你別把氣功想得太神祕，看她那副老僧入定的樣子，無非就是把注意力集中，假想有股氣就是了。所不同的，別人是『靜坐』；她是『靜站』，無論如何，單就一個屏除雜念的『靜』，就是功夫了。」我仍不服氣地說：「我們是同班同學，資質不會相差太遠，她怎麼一指點就通，我怎麼越聽越胡塗呢？」他說：「因爲你對什麼都有抗拒性，平日裏，我對你的忠言，以及提供你寫作上的意見，你都一概抗拒，所以練功夫很難。別人是意到氣就到，你是意未到，氣先到，這個氣，卻是生氣的氣。」他借此嘲諷了我一頓，我爲表示「浩然之氣」，對他的話一笑置之。

過不幾天，我們的一個姪女來了，她興匆匆地告訴我們說：「大伯、大媽，我已經會氣功了。」

我大爲驚喜地問：「才一星期未見你，你怎麼就學會氣功啦？眞是士別三日，刮目相看。氣功是這麼容易學的呀？」

「不是學的，是買的呀。」她說：「我花了四百五十美元買的氣，現在我身上已經有氣在運轉了。」

「買的？氣可以買的？」我如墮五里霧中。

「是請一位師傅爲我灌的氣，他一運氣。就把它灌到我身上，然後付他四百五十元以表酬謝。」

「氣可以這麼灌的？而且這麼貴呀！」

「當然啦，師傅功夫深嘛。本來要五百，熟人介紹，才少算五十。」姪女信心十足，一臉的天眞。雙頰紅紅的，看上去中氣十足的樣子，這可神奇了。

「是怎麼個灌法呢？」我愈來愈好奇。

「我站著不動，面對師傅，閉目凝神，他舉雙手慢慢向我走來，在我頭頂上一按，氣就灌進去啦。」

「灌進去以後，有什麼感覺呢？」

「倒也沒什麼感覺，但是師傅說已經給我灌了氣，我就完全相信，他對我說，只要心思一集中，氣就會在身體裏運作，就會不自覺地大抖特抖起來，抖得渾身筋骨都鬆開，感到好舒服。尤其是我的頸骨，終日工作好痠疼，這一抖就抖好了。」

「你現在可以運氣示範給我看嗎？」

「當然可以，不必運氣，我說抖就抖。」

她立刻往那兒一站，說時遲，那時快，不到兩秒鐘，她就像觸電似的，脖子前後上下的大抖，兩隻手也大抖，嘴裡還一邊跟我說話呢。她說：「您看，我要抖就抖，要停就停。」一說完，她就馬上停了，看得我目瞪口呆。那時她大伯在他自己屋裏，她就立刻跑過去，對著大伯再抖一遍給他看。

看來她這「抖功」比我那同學的「站功」還要神。所不同的是同學的師傅是在公園裏頭義務教的，不收錢，姪女的師傅卻索價四百五十元。

我又問她：「你是不是每天都要練呢？」

「我功課好忙，哪有功夫練呀？工作累了就站起來抖一下，頸子抖一抖，舒服極了。」

「你可以把氣灌給別人嗎？」其實我不相信有這可能。

「不行，非得直接向師傅請教，他幾十年功夫了，經常給人灌氣，大家都好佩服他喲。」

「你眞那麼相信嗎？」

「怎麼不相信，還有人看到灌氣的，頭頂直冒煙呢。」姪女一臉的認眞與虔誠。她是學電腦的，一個從事現代科技的人，竟會如此對灌氣入迷。

「凡是功夫，必須持續不斷地練，你不練，漸漸地，這股氣就會消失了，或是用盡了嗎？」正如外子所說，我對什麼都有抗拒性，對灌氣之事，實在難以接受。

「是呀！最好是每天都得抖一抖，但日子久了，氣也會用完，據說又得再灌了。」

「再灌不又得四百五十元，難道灌氣像充電呀？」

「那我就不知道了。」她有點茫茫然。但她對此事的深信不疑，實使我大惑不解。

她和她弟弟在我們家住兩天，談笑得非常高興。但她晚上睡覺比我們老年人還怕冷，早上起來就喊頭痛，午覺醒來也喊頭痛，都像在感冒的邊緣上，要我拿止痛藥給她吃。我奇怪灌了氣，有了氣功的人，怎麼會這樣弱不禁風呢？也許是她功課太重，她又求好心切，太用功，所以格外容易疲勞。這也是她爲什麼聽人勸告捨得以辛苦打工掙來的錢，花高價去買氣了。

她又說：「大媽，我眞的好累，沒有一點休息的時間。我又怕身體吃不消，所以凡是對健康有益的勸告，我都願接受，花大錢也就不心疼了。」

她是那麼的單純又上進，我們都很心疼她，也就不忍心太動搖她對灌氣的信心。但我們還是勸她，身體要自己注意、健康要自己鍛鍊。飲食定時，工作不可過量，適時運動，可能比她的氣功更有效呢！

我對氣功完全外行，也不知共有多少派別，我固然不敢說她這種「灌氣」方式是江湖，但至少天下沒有不勞而獲之事，也沒有因人成事之理，別人練的功，怎可能在數秒鐘裏傳遞給你。像我這個有抗拒性的人，就算有人要給我白灌氣，也被我抗拒回去了。

如此看來，我這東痛西痛，睡眠欠佳的老人病，只好順其自然，無法以上述的兩種「靜站」與「灌氣」治療。我不如每天到室外散步呼吸新鮮空氣，在室內練練架式不太正確的太極拳與太極劍，如能屏除雜念，學習靜坐，則尤見治病之功。

忽然想起恩師當年誨諭我的話：「但安心止在病處，衆病即瘥。」意思是說，不要誇大病情，不要緊張地把病看得太嚴重，我想尤其是睡眠，瞌睡蟲是要你笑咪咪地迎接的呀！

至於東痛西痛呢？我不由記起家鄉話的「勞健」二字，外公經常對人說：「我勞健！是因爲我山路走得多，坐轎的人腿就軟啦！」我還要多多習勞，努力「以一日一汗」自課吧。

——民國七十七年十一月十九日《中華日報》副刊

快樂週末

在美國，日子不是一天一天地過，而是跨大步一週一週地過。過了週三，就覺得週末近了，又有個輕鬆快樂的週末了。因爲我每天家居生活是刻板的，閱讀書報、寫作、寫稿、看電視、洗刷、做飯，一天倒是飛快地過去，還總嫌時間不夠用，但又盼快快到週末。

星期五他下班回來，哪怕高速公路再堵塞，車子牛行須花更多的時間，他一進門總是神清氣爽地連聲喊：「肚子好餓，有什麼好吃的沒有？」不像其他日子，到家時總是沒精打采地說：「好累，我先躺一會兒再吃飯吧。」遞給他什麼美味都無興趣。

到了週末他想到第二天早上可以睡個長長的覺，就高興了。他是一直相信「食補不如睡補」的。我呢？也好開心，因爲不必趕著給他做飯盒、削蘋果、擠橘子水，而是他倒過來給我削蘋果、擠橘子水，以慰我一週的辛勞。

週末確實太可貴，美國人到週末就互祝Have a nice weekend確實有道理，尤其是遇上週五或週一放假的長週末，那簡直是快樂得跟過新年一般。

我來美多年，若問我客中心情如何，我的回答很簡單，只有三個字：「盼週末」。說來好可憐，因爲我不會開車，平日除了在附近散散步以外，稍遠的超級市場都得等他開車，若是訪友，最近的距離也得一小時的車程，更須排在週末了。至於去購物中心滿足參觀慾，我已經很淡薄了，身外之物愈多愈煩惱。倒是偶然發現些精巧小飾物，我就會買下來以備寄給遠方好友。我是「見小而不見大」的小人物，好友們也從不會因我千里迢迢寄小東西而笑我小器，因爲那是我與好友分享的「快樂週末」的象徵。

週六上午去超級市場，主要是買蔬菜水果、牛奶、麵包，和極少量的肉類。我幾乎已經是素食，只爲他買點雞胸肉炒來當配料。他抱怨雞絲像只有掉在裏面的幾根，越吃越瘦。我說「千金難買老來瘦」啊！他只好忍受了。所以他看到了市場賣肉類的部門，徘徊久之，不忍離去，那副「過屠門而大嚼」的可憐相，不免也使我歉疚，就給他滷一次大塊文章的牛肉，端進端出，吃得他厭了就不再怨沒肉吃了。

我最喜歡在賣水果的部門轉，哪一種水果都想買一點，尤其是葡萄柚。蘋果種類最多，我又最愛吃蘋果，我覺得在美國不吃蘋果是白活了。而他呢！偏偏喜歡吃香蕉。在臺灣時，他明明是不愛吃香蕉的呀，只因美國香蕉名貴，都撕開一根一根分等級地賣，他就挑貴的買，花錢過癮嘛。所以，進了超級市場，我們就分道揚鑣，各找各的東西，有時彼此商量一下，要不要買那種水果，就非吵架不可。吵架的不止我們，我就看到好幾對老夫老妻爲了選東西吵架的。

有一件最開心的事，就是有一家超級市場，進門處擺有熱騰騰的咖啡，每個人都會先上前去倒一杯來喝，我一定加足了牛奶和糖，有一點「不吃白不吃」的貪心吧！邊喝邊計算這一杯咖啡，在臺北咖啡屋裏起碼得幾十元新臺幣吧！兩人喝兩杯咖啡，也算值回票價了。這家市場，很懂得招徠顧客。

買完蔬菜水果，我就去看各種各樣的餅乾，各種各樣的蛋糕材料。各種盒子外面畫的，都很吸引人，我試過好多種，上過好多次當，現在已認定某一種蛋糕材料，但餅乾還是喜歡每週試一種，總會碰上最可口的。

冰淇淋，我不知從什麼時候已開始不喜歡，他卻興趣正濃，每天總是飯後一杯，希望「增磅」，不知他何以如此「自重」。我卻只買脫脂奶粉，自製Yogurt 相形之下，我是個比較能控制飲食的人。

我喜歡看美國老太太選購蛋糕糖果、甜食，站在一排糖果桶前面，先是拚命地吃，恨不得吃上一磅，吃的比買的過多，蛋糕一定是選滿布糖漿的那種，大概是怕吃的日子不多了。這一點，顯得我這中國女人「恬淡」多了。

年輕的媽媽們，把孩子放在推車裏，慢慢兒推著逛。這是孩子們最快樂的時刻，我就盡量欣賞那些可愛的洋娃娃，他們都會對你又笑又擺手。有的粗心媽媽，把一大盒冰淇淋塞在孩子大腿邊，幼小的孩子都被凍得哭起來。有的大喊：「我要結冰囉」，大家聽了都大笑。

去超級市場之外，到郵局寄信也是一樂也。小鎮郵局服務人員態度和藹，我每週都去，已很熟了。我寄的信件，買的郵票郵簡又多，一聲嗨、一聲謝謝，彷彿我是他們的大主顧呢！相當過癮。中國人比較重視寫信、寄書，美國人比較懶，也不重視文化，看我寄書用寄信的郵資，都再三勸我改用第四等印刷寄，節省多了。

有時週六他要去公司值班，反正開自己車，我就跟了去，難得出去散散心嘛。他辦公室在世界貿易中心大樓，他上去，我先在樓下逛。大樓爲了便利觀光客，在週六都不關門，我先在書店看兩本兒童書，再看電視裏介紹的新書，然後去逛文具禮品店，各種小玩意都很貴，只能看看賞心悅目。各類的卡片尤其令人愛不釋手，熊寶寶、豬、狗、小雞、嬰兒，每一張都是最好的設計，裏面的題字，都充滿感情，代你寫出心裏的話。一張張永遠看不厭，也是一份大享受。

逛到相當時間，上樓到他辦公室，喝一杯熱咖啡，看報寫作，一會兒就該打道回府了。

他開車技術已愈來愈進步，從那兒回家，約莫從桃園到臺北的車程。我是個最愛坐車的人，坐在技術高明的「司機」邊上，四平八穩，非常過癮。

回到家，並不是「萬家燈火鬧黃昏」的時候，而是下午兩點多。取出冰凍庫裏預先包好的餃子，煮來吃了，他就可以享受難得「手倦拋書午夢長」的清福了。

我呢！快去郵筒取信與報紙。一定又有遠方好友的信，在靜靜地等著我了！

這，就是我客居中的快樂週末。

——民國七十七年九月十六日《世界日報》

三代情

一位好友，帶了她的愛女，和愛女初生的嬰兒，來舍間小坐。嬰兒只有兩個月左右，他聰明地選擇了外祖母的懷抱，還挑剔媽媽抱得不夠舒服呢。初為人母的女兒說：「媽媽和婆婆抱起他時，他就笑。我抱他時，他總是扭來扭去的，左不是，右不是，我眞得耐心地學習怎樣抱孩子呢。」

這位年輕的媽媽，在少女時代，就性情婉順，儀態嫻靜。她儘管自幼生長在美國，卻是百分之百的中國閨秀，她的婆婆疼她如親生女兒，深幸兒子能娶到如此一位賢慧的淑女。她母親也慶幸女兒能嫁到一位受西洋文化洗禮，卻保有中國舊道德的好男孩。

我非常歆羨朋友的教女有方，她誠懇地說：「我女兒有這樣好性情，完全是由於她爺爺的熏陶。我公公一直和我們住在一起，老人家對孫女無微不至的呵護，使當年忙碌而性急的我，也漸漸懂得怎樣做一個有耐心的母親。」

女兒接著說：「我想想自己眞是幸福。自幼就承受著雙重的愛，爺爺抱我在懷中，教我認字、教我唱歌、背唐詩。教我畫畫，講好多中國古典故事給我聽。所以我從童年就對中國文化有著熱切的嚮往。尤其是看到父母親那麼樣孝順爺爺，長大以後，也懂得怎樣做一個孝順的女兒了。」

她的話，眞令人感動。一個家庭，能夠三代住在一起，彼此骨肉連心地相愛，確實是無上幸福。尤其是在美國，孫輩們能沐浴於祖父母東方文化的舊道德氣氛中，一方面接受西方文化的洗禮，於衝激中獲得調和，越發能體認中國固有文化之可貴，做一個值得自豪的中國的美國人，那將是多麼令人欣慰的事！

記得有一年應朋友之邀，參加馬利蘭中文教學年會，在大會中聆聽一位年輕學人的演講，講題是「在美華人的認同問題」。不但內容感人，他那一口標準的國語，聽來也十二分愉快。會後許多聽衆都請問他怎麼能說如此準確的國語，他說是從小由祖父母教的，他的祖父母，奠定了他中國文學的基礎，這又是海外華人文化薪傳的實例。

三代相處的是否融洽，多半在老一輩對不同環境的適應能力，和對兒孫愛的表達方式。我有一位朋友，剛來美國時，聽孫兒孫女滿口的Hi和Come on，感到與他們非常隔膜。媳婦叫孩子喊「奶奶」，他就蹬蹬蹬地跑去打開冰箱，取出奶瓶，連聲喊「奶奶」，完全沒有「祖母」這個觀念。她正因孫兒這一下天眞可愛的舉動，恍然於怎樣與洋化的孫兒女們打成一片。她笑說：「在中國的家庭中，都說含飴弄孫。在美國，就要懂得怎樣被孫弄，而能甘之若飴。漸漸地祖孫自會成爲難解難分的好朋友，感到快樂無比。」

相信她的孫輩，承受她的愛和她中國文化的薰陶，長大以後，必將有別於「全盤西化」的中國孩子吧。

青少年問題，無論國內國外，都愈來愈嚴重，臺灣有所謂「鑰匙兒童」，孩子們放學回來，父母不在家，他們自己用鑰匙開門，進入冷清清的屋子，怎叫他們心理上不起變化？幸得在美國的中國家庭，父母都很注意孩子們心理上的情態，給與充分的溫暖與愛護，並以身作則地灌輸他們傳統的道德觀念。所以我見到的朋友的孩子，都是彬彬有禮、品學兼優，而且能說中文。

但是我卻想起十年前我第一次旅居美國時，賃屋而居，房東太太是護士，爲了多掙錢，她就一直在醫院做大夜班，每天深更半夜才回家。丈夫健康情形欠佳，性情也有點怪癖。一個八歲的男孩子，每天下午三時放學回家，總是孤零零一個人，在馬路上像沒頭蒼蠅似地遊蕩。我雖偶然招待他進來喝點果汁，但年長日久，也是愛莫能助。十年後的今天，聽說這孩子衰病的父親，早已去世，母親仍然忙於掙錢，不幸的他已成為問題少年了。我想他如果能有祖父或祖母的愛護，就將完全不同了。而這位母親重視金錢所鑄成的大錯，卻是終生無法補救的。

「代溝」，也是青少年在成長期中反抗的藉口。我覺得祖父母卻是最好的調人。因為父母往往較嚴，隔了一代的祖父母，一味的慈愛，可以居間協調，相信中外都是一樣。

回想我自己幼年之時，父母長年供職在外，母親雖然慈愛，卻是管教至嚴。她說：「我只有一個女兒，若是被慣壞，就沒指望了。」我犯了錯，怕母親責備，外公的懷裏，就是我最安全的避風港。他老人家總有辦法，說得母親怒氣全消，笑逐顏開。最記得外公說過這樣的話：

「俗話說一代歸一代，茄子拔掉了種芥菜。你們別以為這話是說的上一代不管下一代的事。那是說上一代有上一代的想法，下一代有下一代的做法，要彼此都看得慣，不去干涉就好。」眞奇怪外公那時就有那樣的新腦筋。

他又說：「其實呢，茄子拔掉了，豐富的營養還在土裏，留給芥菜。芥菜拔掉後，剩下的營養留給茄子。人也就是這樣，一代一代的傳下去。」外公所說的營養，就是「愛」吧。

想起十多年前，我應邀來美訪問。接待中心為我安排訪問一位名叫Joe的黑人歌手所辦的少年觀護所，他與幾位好友，以在街頭演唱取得的有限金錢，合作辦了這個觀護所。那僅僅是一間破爛的屋子，擺著舊家具和鋼琴，卻充滿了對迷失逃家孩子們無限的溫暖關懷。他們稱觀護所為Half-way-home。盡量以愛與同情，勸孩子們漸漸醒悟，自動回家。使他們體會，走遍天涯，只有家最好。我聽著他們所說的一則則故事，內心萬分感動。他們四、五位志同道合的好友，合力同心，奉獻社會全部的愛心。他們推崇他們的大哥Joe，讚揚他是「小小的人物，有一顆大大的心」(Tiny Joe with a big heart)。

我問Joe關於代溝問題的看法，他笑笑說：「本來代溝原是很自然的現象，人與人之間的性情、興趣、思想總有差異的，父子、夫妻、朋友之間都有溝，但要用愛與寬容諒解來調和、彌補，而不是加以強調。愛就像一張梯子，彼此都向當中走去，不就可以拉手了嗎？」

他眞是一位了不起的導師，他說自己犯過罪，坐過監牢，卻因此教育了自己。他深深領悟，只有全心關懷別人，愛別人，才能使自己快樂。問他信奉什麼宗教，他回答：「我沒有什麼宗教，我的信仰就是一個『愛』字。」

我永遠不能忘記Joe，回國後曾與他通過一次信，他的手跡至今保留。但不知世風日下的今日，美國還有這樣偉大的小人物嗎？

——民國七十七年八月三日《中華日報》副刊

另一種啓示

因爲我服務司法界多年，對於法官的聽訟判案，特別有興趣。感到從其中可以領悟許多世態人情與立身處事之道。對於守正不阿，明察秋毫，有崇高職業道德與眞知灼見的法官，尤爲敬仰。

曾記得一位老法官訓諭我說：要當一個夠資格的法官，必須通四理。那就是「法理、文理、事理、情理。」法理是法官的專業智識，不必說要通。文理是文字的訓練，沒有詞能達意的通順文字基礎，何以寫處分書、起訴書與判決書？說到事理、情理，則尤爲重要。因爲無論任何民刑案件，內容都非常複雜。雙方當事人與辯護律師，都是振振有詞，各有充分理由。一位法官，要在盤根錯節的糾結中，分析事態，追究前因後果，判斷是非曲直，不僅僅需有最大的耐心，也要有超越的智慧。所謂「智慧」應非天生，而是從虛心的自我充實與不斷經驗之累積中得來。法官並不是神，判案並不見得次次正確無誤，此所以訴訟法中規定予訴訟人以上訴二審三審的機會。但法官應當警惕的是：同樣的錯誤，不能再犯，前事不忘，後事之師。關於人民的生命財產，絕不得掉以輕心。無心的錯誤可以寬恕，有意的疏忽，不能原宥。孔子贊歎蘧伯玉至七十歲而知過去六十九年之非，就是不斷的自我砥礪，自我突破。也就是法官一生兢兢業業、臨淵履薄的精神。

老法官的這一席教誨，使我永銘心版。因爲他所說的，不僅僅是當司法官的條件，也是每一個人爲學處世所應遵守的原則。他還語重心長地說：「你是喜愛文學寫作的人，當知道一句話：『世事洞明皆學問，人情練達即文章。』此二語聽來順耳做來難。世事是多麼的複雜難測，人情是多麼的變幻無常。雖說法律不外人情，但卻不能爲人情所蔽。判案之際，成見不可有，主見不可無。這就是孔子所說的：『毋意、毋必、毋固、毋我。』以現代語來說，就是盡量地保持客觀。你們寫詩與散文，固然是主觀地直抒胸臆，但寫小說與戲劇，則必須設身處地，將心比心。這和我們寫判決書時，正是同一心境，那就是保持一顆冷靜的頭腦，懷抱一腔熾熱的心。」

這位老法官，是我在大學恩師之外，啓迪我最多的長者。也使我從事於興趣之外的司法工作二十餘年而無怨無悔。

在較閒適的旅居歲月中，收看電視時，也常看各種法庭節目如「最高法庭」、「大衆法庭」、「離婚法庭」與「家庭問題法庭」，我最最喜歡看的是「家庭問題法庭」，看那位白髮皤皤的老法官，細心地傾聽兩造律師對雙方當事人的詢問與陳述，然後心平氣和地爲他們排解糾紛，指點迷津，他那一臉的愷悌慈祥，眞可以化戾氣爲祥和，給人間帶來無限溫暖。這正合了孔子說的：「聽訟，我猶人也，必也使無訟乎」的深長意義。美國的節目製作人，能於清晨捨棄千篇一律的卡通片，與淺薄無聊的罐頭笑片，而播映如此富於教育意義與人情味的短劇，在世風日下的今日，多少可以收暮鼓晨鐘之功。何況每個劇情，都是根據實際案件編寫，演員演來逼眞，頗可收警世之效。

今天我收看了一個有關收養問題的案子。一對年輕恩愛的殘障夫婦，極盼有一個孩子，就向收養中心登記，領回一個八歲的男孩傑克。在六個月的試養期間，他們就相處得非常快樂。這對夫婦對他愛如己出。傑克活潑好動，曾因爬樹跌跤受點擦破的輕傷。收養中心負責人乃認爲殘障的人無資格收養四肢健全的孩子，他們只能收養殘障兒童，因此堅持要將傑克領回中心。這使得這對夫婦非常傷心，要求留下孩子，負責人不同意而訴諸法庭。兩造律師爲當事人所作的辯論，都有充分理由。我眼看這對夫妻生怕失去所愛孩子的焦急無奈神情，眞擔心他們會敗訴。最感人的是他們說的一句話：「我領養孩子是由於全心的愛，有愛就可克服一切困難。」

法官只是靜靜地諦聽，待雙方都陳述申訴完以後，他說：「我要先跟傑克談談，請你們靜候。」他起身回到自己的辦公室，輕輕帶上房門，小傑克已經坐在書桌邊一張大大的椅子裏，滿臉急迫的望著老法官。

「嗨，傑克，你吃過早餐嗎？」像見到老朋友似的，法官和藹地問他。

「吃啦，珍妮爲我做了好吃的甜餅，我吃得好飽啊！」傑克摸摸肚子，高興地說。

「你知道我要和你說什麼嗎？」

「我知道，是那個領養中心要把我帶回去，亨利和珍妮捨不得我。」

「你捨得他們嗎？」

「我也捨不得呀。」

「那麼你和他們在一起很快樂囉！」

「快樂極了。」

「他們有沒有強迫你或不許你去做什麼呢？比如爬樹啦，游泳啦。」

「沒有呀。亨利總是推著輪椅跟我一起玩，有時我把腳踏車架在他輪椅後面，推著他跑，好玩極了。游泳的時候，他就坐在游泳池邊看，給我拍手。我們玩累了就回家吃珍妮烤的甜餅。你知道嗎？有一種草莓醬夾的甜餅，好吃極了。珍妮眞了不起，亨利說她有一雙魔手。」

「你學校裏的小朋友有沒有到你家來，和你一起玩？」

「哦！」傑克遲疑了一下說：「起先有很多，後來就少了。他們看看亨利和珍妮坐輪椅，顯出有點奇怪的樣子，後來就不大來了。只有一個朋友，他叫約翰，還是常來。他眞好，他和亨利、珍妮很談得來。」

「你不在意另外的朋友不再來嗎？」

「我不在意，我知道亨利和珍妮也不在意。因爲他們愛我，我也愛他們。」

「傑克，你仍然喊他們名字，爲什麼不喊他們爸爸媽媽？」

傑克惶惑地望著法官，半晌才說：「因爲我原來是有自己的爸爸媽媽的啊！」

「我知道，但是他們已經到天國去了。現在亨利和珍妮這樣愛你，你就可以喊他們爸爸媽媽呀。」

「但是我自己的爸爸媽媽在天上聽見了會不會不高興呢？」

「不會的，孩子，他們只會更高興。因爲他們離你太遠了，他們只能遠遠地祝福你，不能照顧你。現在有新的父母照顧你、愛你，他們就放心了。」

「好，那麼我就喊他們爸爸媽媽。」

一席談話以後，老法官又回到法庭上。以肯定的語氣對雙方宣示說：「我和傑克談過了。我已深深了解，我的判決是傑克應由亨利和珍妮夫婦收養，因爲他們已經是骨肉相連的親子之情。」

他又轉向收養中心的負責人說：「你所擔心的殘障人不能對孩子盡照顧之責是過慮的，也多少有點偏見。你認爲殘障的雙親只能收養殘障的兒童，是犯了歧視的不正確心態。要知道，愛是最大的力量，愛可以克服一切困難。珍妮剛才已說過了，這是一個明證。要知道，身體的殘障，無損於愛的完整。亨利和珍妮夫妻，給傑克的是完整的愛，你放心吧！」

案子結束了，老法官最後又語重心長地對大家說：

「我辦案聽證數十年，只把握一個原則，就是用愛心來體驗每一個人的心情，分析每一件事理。我的願望是世間永遠只有和睦相親，不要有紛爭怨怒。我高興的是許許多多的爭執與不愉快，經我的勸說，都能言歸於好。這樣才不違背上天的旨意，願上帝祝福你們。」

白髮如銀的慈祥老法官，徐徐步下法庭時，小傑克從法庭門外奔入。熱烈地擁抱亨利和珍妮，連聲喊「爸爸、媽媽，我愛你們，我好愛你們。」

看到這幕情景，收養中心負責人不但被說服，也深深被感動了，她立刻上前向那對歡欣欲狂的殘障夫婦緊緊握手，向他們致深深的歉意，更全心祝賀他們家庭幸福。

關上電視機，我心頭溢漾著無比的溫暖。深深慶幸，這個紛紛擾擾爭名逐利的社會裏，在人們心底，仍在點燃著愛的火苗。如能擴而充之，是可以照耀全世界的。

——民國七十八年三月十二日《中華日報》副刊

淺近的領悟

對佛學有深湛研究的沈家楨博士，時常在美國各地作學術演講，深入淺出地弘揚佛法。有一次，他講「實相」的問題，講到一個人對於「我」與「名」的觀念之難以破除。他說人一生下來，就形成了「我」的觀念，年紀愈大，「我」的觀念愈深，要證入「實相」，大是不易。有了「我」，自然就有一個「名」的觀念。有修養的人常說「淡泊名利，名利如浮雲流水。」沈博士認爲即使視爲「淡泊、虛幻」心中仍隱隱還有一個「名」的存在。

如此看來，要忘我、忘名，談何容易。我倒覺得，「我」的觀念，不必勉強破除，只要能虛心、謙和、寬容，有一個「我」的實相存在，反倒可以將心比心，推己及人。基督的「愛人如己」，佛的「我不入地獄，誰入地獄」，儒家的「正心誠意，修齊治平」豈不都是從小我出發，推廣到大我而終至無我嗎？

童年時代，我的家庭老師時常灌輸我一些佛家思想。他對我說：「人的身體是個臭皮囊，是最最沒用的東西，但也是最煩人的東西。一頓不吃就感飢餓，幾天不沐浴就會發臭，針尖刺一下就會覺得痛。吃下去的山珍海味，拉出來的是屎尿。……」聽得我很不開心，小小年紀，就感到人實在很苦、很虛幻。漸漸成長以後，多讀一點談人生的書，多經歷一點世情，倒覺得這個實質的我，與精神的我，並不衝突。尤其是飽經戰亂憂患，從顛沛流離中度過來以後，深感有頑強的身體，豐富的生活經驗，才能歷練出正確堅定的意志，也更能有包容與捨己爲人的精神。想起當年老師說的這個無用而麻煩的「臭皮囊」，又有什麼不好？問題在於要珍惜而不溺愛，能肯定而不執著，聖賢說的，「身體髮膚，受之父母，不敢毀傷」，是珍惜身體，「毋意、毋必、毋固、毋我」是不執著。抽菸酗酒、縱聲色犬馬之慾，毀傷身體，連「實質的我」都不存在了，還談什麼「精神之我」的提升呢？

我是一個膚淺平凡之人，自幼略讀聖賢書，並受雙親與老師佛教慈悲爲懷思想的感染，我認爲儒家的「仁民愛物」與佛教的「大慈大悲」是相通的，也是最平實、最簡易的信條。這也是基督教只認一個上帝的排他性所遠遠不能相比的。生命是可貴的，成長是艱辛的，佛啓示人，要憐惜芸芸衆生，這也是基督教義所遙不可企及的。佛教徒有首詩說：「一指納沸湯，渾身驚欲裂。一針刺己肉，遍體如刀割。魚死向人哀，雞死臨刀泣。哀泣各分明，聽者自不識。」這不就是儒家仁民愛物之心嗎？而仁民愛物總要從自己的感受上推廣，正是孔子說的「能近取比，可謂仁之方也已。」最近的，不就是「我」嗎？

在國內時，有一次收看電視上報導牛墟販牛的情況，看牛販把牛套上犁架，使力用鐵器刺他小腹逼他負重奔跑，以博取買主的信心。凡是行動稍現遲緩的，就在牠背上無情地蓋上個戳子，表示無用之牛，將送入屠宰場。我清楚地在鏡頭上，看見那頭牛雙眼淚水盈盈，令人不忍卒睹。童子的心是最仁慈的，鄰居的孩子因看了這個情景而不忍再吃牛肉。可見惻隱之心，是應當自小予以培養的。今日社會上殘殺之風日甚，令人憂心，愛的教育，該是多麼重要啊！

我自慚沒有讀過佛教經典，不懂高深佛理，如前文所說，我只堅持信奉佛家慈悲與圓通廣大之旨，憐惜所有的生命，也愛惜自己的生命。有「我」而不執著「我見」，也就能安時而處順了。

這是我閱讀沈博士演講紀錄一點淺近的領悟。自覺怡然而樂，欣然而喜焉。

——民國七十七年一月七日《世界日報》

載不動的友情

收到你沈甸甸的信，連忙拆開來，裏面是一大疊小貓書籤和你們畢業旅行的團體照，你叫我猜哪個是你，我一眼望去，每一張充滿健康快樂純樸的臉都是你，我簡直分不出來，你們每一個都太可愛了。我迫不及待的翻到後面，寫著左第三個是你，你居然在全體同學中照得最大（也許站得離鏡頭較近的關係），現在我已認識我的小朋友小娟了。同時在我眼裏，你們這一群同學，我好像本來就認識似的。也好像我就在和你們一起玩，一起拍照，這也許就是所謂的投緣吧。因爲我教書好多年，從小學、初中、高中，那一群群的小朋友啊，眞使我好懷念，因此看到你們的照片，就像和所有的朋友又聚在一起了。對了，你說等我回國，去了臺中，你們已計畫好怎麼陪我玩，不知會有多快樂。我要講好多中學時代的有趣事兒給你們聽，我們的淘氣搗蛋以及許多驚心動魄之事會叫你們笑彎腰。還有大陸上的明山秀水都是你們夢寐嚮往的，我都會把到過的地方形容給你們聽。

你說最近你媽媽常常談起黑龍江老家。她說「那眞是一片肥沃土地」。你說眞希望有一天回到老家，要在黑龍江上溜冰，在長白山上賞雪，還要邀請我去玩。我眞是感動。我可以想像得到你媽媽，一位上了中年的人，久別家鄉——一個多麼想回去而不能回去的地方——是多麼的懷念啊。我也正是同樣的心情，所以我爲什麼老是寫故鄉與童年，也是一種無可奈何的心情。黑龍江，不知道會有多壯麗、多遼闊，可惜我足跡只限於小小的江南幾縣，連大後方重慶、桂林等山水甲天下的地方都沒去過，眞是虛度此生了。你們正是燦爛人生的開始，待得河清之日，一定可以遍遊大陸的名山大川了。

清明節，你和媽媽去廟裏燒紙錢給爸爸，你問我：「這是不是有用，人死後究竟到哪裏去了？」我呆呆地想了半天，眞不知怎麼回答你。小娟，你就當它有用吧！人死後究竟去了哪裏，這是一個永遠無法解答的謎。依佛家輪迴的說法，人是有前生也有來世的，人死後也有靈魂，他會思念親人、思念家鄉。基督教也說人死後，上升天堂或下入地獄。但一涉到形而上的宗教或哲學，究竟太虛無縹緲，像你這般年齡，還是暫時不必探究，你就恭恭敬敬、虔虔誠誠地讓你爸爸活在你心中，默禱他靈魂往西方極樂世界。西方極樂世界是理想中的最高境界，但卻不是幻想，是我們在現世中所當努力的，那就是「修煉」我們的心靈，向著眞善美的目標走。爲人做事，誠誠懇懇，把愛心盡量擴充，幫助、同情不如我們的人，向比我們賢能的人學習。如此，生活就會過得非常豐富、快樂，現世就跟天堂一般了。可惜的是我說得這麼好，自己並沒能做到，一個人要戰勝內心的敵人眞不容易，但總要努力自勉，時時警惕，否則靈魂就要墮落了。我在初中時讀奧爾柯德的三部小說：小婦人、好妻子、小男兒，覺得馬區先生和夫人教導四個女兒，使她們一天天在成長中體認人情世事。這一對父母所說的每句話，寫的每封信，到今天都時時在我心。我眞感激那位英文老師（那時這三本書是我的英文課本），她每回都用抑揚頓挫、鏗鏘悅耳的聲調讀一遍，她讀那些親切的詞句，就像是我們自己的父母親在對我們說話，使我們牢記心頭，時時試著去實行。使我們在小女孩時代，能在和煦的陽光雨露中長大。如果說我的性情沒有變得非常乖戾，一半是由於這位老師將這三本書的溫暖帶給我們。所以我順便也告訴你，你何妨去找來一讀，即使英文原文也是非常淺近易讀的，看好的譯本也可以，但不要看節譯本，時常會將精彩之處刪節，太可惜了。

我還要告訴你的，就是逢年過節對先人長輩的祭奠，主要是一份思親的孝心，並不是迷信。儒家倫理的「孝」字，意義無窮，一個孝順父母的人，一定也能夠尊敬別人的長輩，友愛自己的兄弟，與朋友交而有信。將來自己也一定是慈愛的父母。廣義的孝眞個是無所不包，就是論語所說的「弟子入則孝，出則悌，泛愛衆而親仁」的道理。可惜生在忙碌而現實的工商業社會的現代人，有許多都忽視了孝，還認爲「愚孝」是很不合時宜的行爲。時代不同，價值觀不同了，許多行爲，自然應當隨機應變，因情況而變通，但「孝心」是不變的道德標準之一。我讀了你幾封來信以後，從字裏行間，就看出你是個孝順孩子，有一顆極善的心靈，愛父母、愛朋友，而且愛護小動物。在愛心中，人與人之間眞是容易接近。所以由於你的閱讀書刊和寫信，我們的心靈就溝通了。你說「收到你的信好高興，在人生的旅途上，我又多了一位關心愛護我的知己。」我又未始不高興呢？

你第一次寄給我一張咪咪的照片，就託牠把祝福帶給我。這次你又把自己所蒐集全部的咪咪書籤都寄給我。我告訴你我還有一個念高一的小朋友，和你一樣的純樸天眞可愛，我們已通了兩年的信，還沒見過面呢，她也是把各式各樣的美麗小卡片寄給我。上一次，她寄來一張淺紫色的：一個小女孩在朦朧的晨光中跪著祈禱，小小的雙手合著掌，一臉的虔誠，她在背面寫著：「這是我最喜愛的，送給您。」你寄給我的，也是每張上都有發人深思的美好詞句，有一張是一個長髮小女孩，抱著小花貓，笑得好甜。上面寫著「徘徊在腦海裏的回憶，就是最好的祝福。」望著這些小女孩，就像看見你們，也好像這小女孩是我自己的幼年時代。珍貴的友情，把年光縮得那麼短，使我這個年逾花甲的「中年人」（我不願說自己是老年人），與你們之間沒有一點距離。你們的友情，像春雨似的淋在我心田上，使我感到人生是如此的美好。

這幾天，電視臺時常播放二十年代的小童星秀蘭鄧波兒的影片，她那童稚的歌喉，好令人陶醉。一聽就會使我想起初中時代看她的電影，那一段的著迷，我一有零用錢就買她的照片，如今她正度過五十歲的歡樂生辰，她當過大使，禮賓司司長，是一位成功的外交家。爲了事業與家庭，她放棄了喜愛的銀幕生涯。她容光煥發，唇邊的小小酒窩依舊，螢光幕上出現她五十歲與五歲的照片，眞是逗人遐思。四、五十年的歲月，在秀蘭鄧波兒眞是多姿多采，她可以說一點也沒有老，誰說歲月無情呢？可是看看她，卻忽然使自己警惕、慚愧，上天給人類是公平的年光，爲什麼我們就不知道好好運用呢？

我拍的幾張雪地裏的照片，竟一直未去取來，等下次給你寄去；在臺灣不能想像有這樣厚的雪，這會使你更想念長白山、黑龍江了。

你今年畢業，所以附寄給你小小禮物一件，希望你喜歡，我認爲是很淡雅別致的。

夜深了，祝你

健康、進步，並代問你

媽媽安好

——民國七十八年三月四日

冒煙的手提箱

很多年前，曾與謝冰瑩先生、蓉子一同應邀訪問韓國。主人是當時韓國一份極具聲望的女性雜誌《女苑》月刊社社長金命燁先生。我們作了三個星期的貴賓，訪問、遊覽。賓主盡歡以後，由主人與許多位名作家送我們到金浦機場。我們將行李點交完畢以後，坐在候機室與主人閒聊等待登機。忽見一個機場服務人員氣急敗壞地跑來，對金先生說了幾句話，金先生和站在一旁的通譯權熙哲先生都大驚失色，權先生立刻用國語問我們：「你們那一位的箱子裏放了危險物？請快快去打開箱子。」聽得我們目瞪口呆，面面相覷。此時見另一個人已將一隻手提箱提進來，小心翼翼地輕放在地上，我一看那箱子竟然是我的，左邊的一角正在冒煙。我嚇得渾身發抖，權先生叫我快把鑰匙取出，打開箱子。我顫抖著手，越急越掏不到鑰匙，心裏又疑惑，我的箱子裏，怎會有危險物？怎麼會冒煙？事不宜遲，金先生此時也顧不得禮貌，上前一把將鑰匙釦子扭斷，打開箱子，一陣黑煙和著濃濃的火藥味，直衝鼻子，我嚇得幾乎昏倒。我的箱子，裏面竟搜出炸藥，而我是被邀請的貴賓，我怎麼會做這樣的事？可是炸藥卻是從何而來？又是怎麼放進去的？什麼人要害我們？要害全機所有的旅客呢？

權先生不由分說，一把將冒煙的炸藥連同衣服掏出，丟在地上，仔細一看，原來是一包圓筒形的火柴。這是一位韓國朋友送給我們的手工藝品，由紅頭火柴排成一長片，一層層捲起來像一朵盛開的花。我們因爲它設計別致，都捨不得丟棄，謝先生和蓉子是把它收在隨手帶的提袋裏。愚笨的我，卻把它當寶貝似的，塞在密不通風的箱子裏。箱子放在手推車上，一路顛簸的推向機艙口，那時正是六月初旬，天氣已非常炎熱，烈日高照下，紅頭火柴，在擠得緊緊的箱子裏彼此摩擦，焉得不著火燃燒。

千幸萬幸的是箱子尚未送進行李艙。否則的話，飛機起飛後，火柴在密不通風的機艙裏受熱又震盪，必然起火引起爆炸。全機人的生命，都將葬送在我的手裏。我雖也同歸於盡，但這個「國際罪犯」到了閻王爺面前，就是被判落油鍋也抵不了全機人的性命啊！

還有哩，如眞發生空難事件，究竟原因何在？兇手究竟是誰，將成爲千古懸案，無法調查了。

一場虛驚之後，我眞是羞愧滿面，歉恨滿心。金先生和權先生還頻頻向我道歉，說他們的朋友不應當將易燃物當作紀念品送我們，事實上是我太無智識，不該把易燃物放在密不通風的行李箱中，幾乎闖出滔天大禍。

事隔二十餘年，每回想起都會冒冷汗，眞是上天保佑了福大命大的全機旅客，否則的話，我這個糊塗兇手，眞將打入十八層地獄，永遠不得超生了。

——民國七十八年十二月二十日《中華日報》副刊

兒子的禮物

一位好友的女兒，寄來她在報上發表的一篇文章給我看。內容是寫她十幾歲的兒子在幼年時親手雕了一對燭臺送給她，做母親的當然是萬分的寶愛。兒子漸漸長大了，有一天，他發脾氣，順手拿起一隻燭臺扔向母親。母親於吃驚與盛怒之下，拾起地上的燭臺，竟把櫃子上的另一隻一起扔進垃圾桶。兒子怔在那裏，怨怒的眼神裏彷彿在說：「你扔吧，給你的東西，你愛怎麼扔就怎麼扔。」第二天一早，她後悔了，去垃圾桶邊想把燭臺拾回來，卻已被清道夫收拾走了。

她心頭感到無比的刺痛，尤其是想起兒子當時雕刻的那番心意和所花的工夫。她歎息道：「爲什麼美好的東西，總是在失去之後才覺得格外可愛？」

看著她的文章，我止不住淚水涔涔而下。我感觸於母心之苦澀，也悔恨自己既不是一個孝順體貼的女兒，又不曾扮演好母親的角色。如今以垂暮之年，縱橫老淚，也沖不去心頭的傷痛。

和作者一樣，我也有一樣兒子的禮物，那是在童年時他用火柴棒搭起來的立體「快樂」二字。那眞是玲瓏剔透、巧奪天工。我是那麼的珍惜它，把它放在玻璃櫥最妥貼最顯著的地方。年復一年地，火柴棒的紅蒂頭褪色，骨架因膠水漸漸脫落而鬆散了，它已不能豎起放，我只好把它小心地收在一隻盒子裏。幾度的搬遷，我總是小心地帶著它。現在，它就放在床邊書架上。我常常端起盒子細看，眞不能相信這是兒子的傑作。悠悠二十年歲月的痕跡，都刻畫在那一根根帶有微塵的暗淡火柴棒上。而它所給予我的是那一份誠摯的「快樂」。我心裡有太多的感激，也有太多的感慨。

記得那個深夜，他把房門關得緊緊的，亮著燈不睡。我總當他偷看從攤上借來髒兮兮的「小人書」，幾次敲門催他睡，他只是不理，我氣得一夜未睡好。次晨他上學了，卻見書桌上端端正正擺著這件精緻的手工，邊上一張卡片，寫著「媽媽，給妳快樂。」我的感動無法名狀，我眞是快樂了好多好多時日啊！

他漸漸長大了，我們母子時有爭吵，他曾忿怒地出走數日不歸，我守著虛掩的大門通宵達旦，我看著「快樂」二字泫然而泣。固然兒子並沒像這位朋友的孩子那樣，拿起自己做的手工扔向我，但他對我珍惜這件禮物所表現的無動於衷，卻使我心酸。每次央求他修補一下火柴棒的骨架，他總是漫不經心地一再拖延。我了解這是無法勉強的，時光不會倒流，童稚親情不復可得。兒子成人了，我已老了。當年母親說得對，「一代歸一代，茄子拔掉種芥菜。」母親那時已知代溝之無法彌補了。

我再想想這篇文章的作者，是我看她長大的，她在初中時，每週兩次的夜晚，帶了兩個弟弟，背著書包到我家來讀古文。他們的專注神情都在眼前，一下子他們也將近中年了。她現已是兩個孩子的母親，也嘗到了做母親的滋味。但在給我的信中，她仍幽默地說：「母親來時，總是看了我事事不順眼。」這就是兩代的不同吧。

其實在我心目中，她母親是個新派人物，對子女的教育極爲開明，不像我對兒子的管教是一個釘子一個眼，無怪會引起他的反感了。

幾年前，她和雙親同來我家小聚，她的嫻靜、深思和談吐的優雅，總使我想起她少女時代的無憂神情，怎麼她今天也會爲母子偶然的衝突而惱怒呢？

她在文章結尾時說：「希望兒子成長爲一個有用而快樂的人。」足見母心儘管苦澀，卻是永遠滿懷希望的。

她道出了天下父母心，也給了我一份溫暖與啓示。

我也不要再爲兒子送我的那一對骨架鬆散的「快樂」二字，而感觸萬千了。

——民國七十六年八月二十六日《中華日報》副刊

聾啞夫妻

一對老鄉夫婦來美探親旅遊，得以在紐約小聚。我看他們雙雙都容光煥發，健康情形比以前更好，不免請教他們養生之道。風趣的先生笑嘻嘻地說：「很簡單，我們的相處只有四個字：聾啞夫妻。」

太太連忙解釋道：「他的耳朵有點聾，是先天的。當年新婚燕爾，一點也不覺得。因爲反正偎依耳語，沒有聽不見的。孩子一個個來了以後，他們的哭鬧聲，我的叫罵聲，他都充耳不聞，落得做一個慈愛的好爸爸。如今兒女們都成家立業，各奔前程了，剩下我們二老相守。我是愈老愈嚕嗦，他的耳朵當然是愈老愈聾，無論我對他抱怨什麼，嘮叨什麼，他總是一張笑咪咪的彌勒臉，一百個不開腔。可見聾與啞都是他一個人，我是既不聾也不啞。」

我發現她放連珠砲似的每一句話，她先生都聽得一清二楚。因爲他幽默地接著說：「其實我是左耳聾，右耳正常。所以凡是太太心情愉快，妙語如珠時，我就讓她走在我的右邊，一同散步。遇到她暴跳如雷時，我就走在她右邊拿左耳去抗拒她的噪音。所以你看到我們走路時左右的位置，就知道太座的心情是晴天還是下雨了。」

這一對風趣的夫妻，使我想起那個「啞妻」的短劇：做丈夫的一直抱怨太太是個啞巴，千方百計請了名醫將她治得能說話了。她一開口說話，就沒完沒了不停地說，聽得丈夫招架不住了，又請教醫生有什麼辦法讓她恢復啞巴。醫生搖搖頭說：「唯一的辦法是把你的耳朵治一下，變成聾子。」

我把故事講給朋友夫妻聽。他們認爲自己很幸運，因爲丈夫的耳朵左右逢源，可以省卻一筆醫生的手術費。

於是我乘興給他們作了一首歪詩：

左耳迷糊右耳聽
裝聾豈只阿家翁
如「兵」相敬神仙侶

心有靈犀一點通

——民國七十九年七月四日《中華日報》副刊

小羊

床邊一本心愛的書裏，夾著一張書籤，上面畫的是一隻小羊，頭上戴著暖烘烘的風帽，一對肥肥的耳朵從帽的兩邊伸出來。小臉兒稚嫩似嬰兒，愛嬌的眼神定定地望著你。下面寫著一行字：

I have a soft place in my heart for you!

這張書籤是一個小女孩送我的。她在信裏寫道：「阿姨，您喜歡這隻小羊嗎？我也跟小羊一樣，心中總有溫柔的一角，時時想念您。」

我邊看書，邊撫摸著書籤，帶著溫馨入夢。

每回對著這隻稚嫩的小羊時，耳邊也常會響起幼兒的歌聲：

小羊、小羊，你有沒有毛
有的、有的，三大包
一包給爸爸，一包給媽媽
一包給我做袍袍

這是我兒幼年時愛唱的歌。他在後院裏摘了一把草，小手指撮了幾根給他爸爸，撮了幾根給我，剩下的放在大圍兜口袋裏。

那胖嘟嘟的小人兒就在我眼前呢，光陰卻一晃三十多年過去了。

但不知他是否仍跟這隻小羊一樣，心中總有溫柔的一個角落，時常會想起爸爸和媽媽。

——民國七十九年五月二十七日《中華兒童》

仁心仁術

最近收到遠自利比亞一位朋友王竹林先生的來信，他勸我一天吃兩個蛋白，把蛋黃留在窗外款待鳥兒們。在這句話下面，他特地用黃筆畫了一道線，提醒我注意，可見他對禽鳥的關懷。他說：「你自己有豐富營養，也可以看看小鳥得以飽餐的快樂。」

我來回讀了好幾遍，深感他的一片赤子之心，和對於生活濃厚的情趣。

這位朋友是利比亞全國知名的骨科名醫。工作極忙，但因愛好文學，在偶然的機會中看到我的作品，乘興給我來信，我們就成了尚未見面而談得非常投緣的筆友。從他來信的字裏行間，都可以感受他對人世的關愛，且於淡泊中帶有充分的幽默感。

我和外子有什麼健康與醫藥上的問題，都一一向他請教，他都不厭其詳地予以指點，有時問題問得太多，覺得不好意思，他說：「病人的問題愈多愈好，像坐下來聊天一般，非常愉快。」我但願國內的名醫們，都能有他這樣的慈祥耐心，不但是病人之福，社會也可多一點祥和氣象吧。

他是位虔誠的佛教徒，幼年時因家鄉土匪多，怕把他這兩房唯一的男孩綁走，所以每年寒暑假都隨家人住在寺廟裏。寺院的樸質莊嚴氣氛，和木魚鐘磬之音，可能培養起他的慈悲心懷。相信他的學醫一定是懷者濟世活人的心願，而不是爲了賺更多的錢。

他會念很多經，糾正我說：看見小動物受傷，當念觀世音菩薩，不要念〈往生咒〉，因爲〈往生咒〉是超度亡魂的，對受傷小動物念，等於催牠速死，說得極是。眞感謝他的細心指點，不僅限於健康醫藥方面。

我寄贈他的書，他閱後就捐贈給當地中華學校圖書館。並幽默地說：「有你在書上簽名，我也光榮。」那分與人分享的廣大胸懷，令人感動。

他說退休以後，不打算到美國享受兒孫供養的清福，而要回臺灣到慈濟醫院當義工，爲社會人群再多盡一份心力。

讀他的信，我和外子都深深領悟，什麼是愛心，怎樣才是一位眞正具有仁心仁術的醫師。

——民國七十九年四月二十五日《中華日報》副刊

機器人和我

遊大西洋城時，最開心的事，是和偉大的機器人合拍了一張照片。

那天我們正在一座遊樂場門前徘徊，看見一個巨大的機器人，慢慢地移動過來。她穿著寬大的青布大衣裙，腦後包著青布頭巾，手臂彎上掛一個大提包。從後面望去，儼然是一個樸素的村婦。她一對大眼睛裏閃著綠光，扁圓的滑稽臉有點像貓。她走到門口停住了，熱心的遊客爲她拉開大門，她一面進去，一面有禮貌地說聲「謝謝。」我好奇地快步走上前去，試著問她：「我可以和你合拍一張照嗎？」沒想到她立刻回答：「當然可以，但是這裏太擠了，我們得再向前走一點。」我興奮地亦步亦趨跟著她去，走到一個比較開闊的地方，她就停下來說：「好，我們就在這裏拍吧！」

渺小的我，站在龐然大物的她身邊，外子捧著相機，左瞄右瞄，老是不按鈕，他一定是覺得給奇形怪狀的機器人拍照，比給美麗的影星拍照更緊張吧。我連聲催他快點拍，以免妨礙遊客通過。機器人卻柔聲地說：「不要急，慢慢來。」這時，後面有幾個年輕人指指點點在說機器人的「壞話」。她的頭忽然一個一百八十度的轉到背後，大聲地斥責道：「你們不可以在背後批評我，你當我聽不見嗎？」那副怒氣沖沖的樣子，把我也嚇了一跳，那幾個年輕人大笑著走開了。拍完照，我向機器人道聲謝，她也跟我說再見，叫我好好玩，就從容地向前走去了。

機器人會如此應對如流，實在使我感到稀奇。外子說這是電腦玩的魔術。技術人員一定是把所有可能發生的情況，和適當的對答，都事先輸入，機器人就能憑感應作答。但我想現場情況有種種不同，遊客們可能有種種不同的問題，機器人又怎能回答得如此恰當呢？我這個沒有一點科技常識的人，眞感到神奇不可思議。

我常常取出這張照片看看，回味一下當時的情景，仍不免神往不已。日前一位學電腦的朋友來，我和他談起機器人的趣事，問他管理員是否事先把各種可能性的對答輸入機器，他說不是的。機器人必須在幕後由專人遙控，以免機器失靈，會發生危險，因爲她究竟是沒有靈性的。他的猜想是遊客的話由機器人傳送給遙控者，他立刻以口語回答，透過機器人傳給遊客，使遊客覺得直接在和機器人對話，而收到高度娛樂的效果。

靈活的機器人，使我想起三國演義裏呼風喚雨的諸葛亮。他在死後還能以假諸葛嚇退了來勢洶洶的司馬懿，解救了危急。我想諸葛先生如果生在今日，一切的科技，他都可運諸掌上，加上他的神機妙算，整個世界的局面，可能會完全改觀吧。

——民國七十九年四月十八日《中華日報》副刊

第四輯

隨感篇

良緣・孽緣

撮合人間婚姻的月下老人，祠堂前有一副對聯：

夫妻是緣，有良緣，有孽緣，無緣不聚。
兒女是債，有討債，有還債，無債不來。

眞是道盡人間甜酸苦辣的滋味。可是青春情侶，男歡女愛，哪裏相信人間有所謂的「孽緣」？年少兒女，只知追尋自己興趣，完成個人事業，哪裏體會得父母撫育的辛勞？只有中老年人，這種滋味，才會點滴在心頭吧！

可是時至今日，受西洋文化洗禮的新人物，即使已過中年，兒女成行，也會因一時意氣，藉故分離，格外令人慨歎。

最近一位好友告訴我，爲了一對恩愛夫妻的反目，她和丈夫苦口婆心地勸了三天三夜，對方仍然堅決仳離，實在使他們心痛，卻又無可奈何。

才過幾天，另有一位朋友來電話，開門見山地告訴我：「我們分手啦，他已經搬出去了。」

我愣在那裏，半天才問：「是怎麼回事呀？」

「沒有什麼大不了，再也無法相處了嘛。」她雲淡風輕地說。

「我實在不能相信，你們的婚姻美滿，興趣又相同。」

「外表哪裏看得出來？其實我們已經分居幾次了，總想挽回而不可得。上次是我搬出去，這次是他走了。」

「希望他不久就會回來。」

「我不要他再回來！這次我想通了。」她以斬釘截鐵的口氣說。

「不要這樣決絕，看在孩子的分上吧！」

「用不著，孩子都已經長大成人。女兒已去歐洲學音樂，她喜歡爸爸。兒子也考取了大學，他比較傾向我。這樣很公平。現在我覺得好自由、好痛快，每天兩個三明治、兩杯牛奶就解決了。」

「你現在是這麼覺得，過一陣子就會有寂寞之感，就會想念他了。」

「絕不會的，即使眞覺得寂寞時，我會找個新伴侶。」

我這才無言以對，對於一個像她這樣的新人物來說，我的頭腦是該進博物館的老古董了。

回想這一對夫妻，在我們心目中是相當標準的。先生是太空科學家，太太是生化博士。兩人學問相當，性情投合，待朋友又熱誠。

我們第一次應邀去他們家作客時，在他們的實驗室裏見識了各種新奇事物，也聽不完他們的有趣故事。一男一女兩個孩子，長得健康、活潑、有禮貌。他們最欣賞的是爸爸的一手中國菜，每天都由爸爸爲他們準備飯盒。媽媽只會啃三明治，卻做得一手好手工，常做小玩意寄贈朋友。

我在想，難道是做丈夫的厭倦了做菜嗎？記得做太太的曾埋怨過：「我最討厭他花那麼多時間做菜，也最討厭他催我起來吃他得意的豐富早餐，我寧可睡懶覺。」辛苦做了菜沒人慰勞、沒人欣賞，做丈夫的大概有點生氣了吧！

我問她：「你們都是學科技的，興趣相同，應該情投意合啊！」

「才不是呢！我們連看電視的興趣都不能一致。我愛看文藝片，他愛看兇狠的拳擊和武打片。」

「興趣是可以彼此適應的，我本來最怕看拳擊，由於陪他看，也漸漸變得喜歡起來了。」

「你能適應，我不能，我也不願適應；他也不願意適應我看文藝小說啊！」

「你可以把內容講給他聽，也是夫妻間的生活情趣。」

「他不要聽，他根本沒有文藝細胞。」

我笑了：「你忘了，你們當初相識相愛不是由於共同喜歡我的一本作品嗎？正因為此，我們才結識的，你特地邀我們到你們家歡聚，給我講了這段書緣的故事。」

「那種心情，現在不再有了。」她憤憤地說：「最不能忍受的是他總認為我對兒女比對他好。」

「是這樣的嗎？那就證明他愛你之深，你們一定會重圓。」

「我不想重圓，我受不了他的瑣碎、苛求。」

「如果他不瑣碎、不苛求，你又會覺得他不重視你的感情了。你們的癥結就在彼此心情的不能調整。如果都為對方設想，就知道都是為了愛。」

「你說得太理論化、也太美了。總之，我已厭倦了扮演妻子與母親的角色，我要自由，要擺脫。」她是個絕頂聰明又好強的女性，但再聰明也有愚昧之時，再強也有軟弱之時。

我問她：「你們分手了，孩子們有什麼感想？」

「男孩說：『你們分開了，我反而覺得痛快，可以一心對你好，而不致引起爸爸的忌妒了。』女孩說：『以前只聽到你們爭吵，現在耳根清淨了。』」

這樣一個看來美滿的四口之家，一下子說散就散，我是個舊時代的女人，眞難接受這樣雲淡風輕，只有笑聲，沒有眼淚的離散事實。

可是，他們眞的是只有笑聲、沒有眼淚嗎？

夫妻究竟是良緣，還是孽緣呢？每於心情低落之時，就會反覆地思索著這句話。

日前，我接一位朋友來家小住，是爲排遣她的悲懷。因爲她的丈夫在一年前因肝癌逝世了。我們促膝談心，她有訴不盡的往事。她悔恨當初只爲不想依賴兒女，所以夫妻自己開個花店營生，不料丈夫由於過度勞累而得了不治之症。丈夫走了以後，三個兒女都非常孝順，卻都分散在天南地北，他們輪流接她去住，但總覺此身如寄。沒有了老伴，就沒有了依傍，沒有了根。

痛。

她淚流滿面，我也泫然涕下。做爲她最知己的朋友，卻無能爲她分擔喪偶之痛。

臨別時，她緊緊握住我的手說：

「記住，只有夫妻才是眞正甘苦與共、患難相依的伴侶，你要懂得珍惜。」

她又長歎了一聲說：「說給你聽，你也許不相信。我們四十多年的夫妻，沒有吵過一次嘴，永遠是彼此相互體諒、快快樂樂過日子，這樣的美滿姻緣也許遭天之忌，把他帶走了。」

說到這裏，她反而抹去眼淚，淒然一笑說：

「無論如何，我此生已無遺憾，因爲我已永遠擁有他的愛。」

我們緊緊擁抱在一起，良久良久，我止不住如泉的淚水滴落在她的衣袖上。

目送她上車而去，我轉眼看丈夫，他神情黯淡地望著徐徐而去的車子，歎息地說：「如果我們的那位好友——她的丈夫在世的話，我們的相聚該有多快樂？」

我也黯然回想起，我們與這位朋友相交數十年，竟然想不起他有任何缺點，眞個是「仁者不壽」，怎不令人傷懷？

——民國七十九年一月《婦女雜誌》

隨感十則

三字訣

畫家畫石，有的須重、拙、大，有的要皺、透、瘦。著墨之際，尺度自在胸中。我不諳繪事，但覺這兩組三字訣可運用在不同的人情事理上。

以人而論，有的人心胸寬闊，性情渾厚、憨直，可以依托，可以信賴。有的人學殖深、智慧高，與之相處，妙趣橫生，受益無窮。前者可說是重、拙、大，後者則是皺、透、瘦。

文章也是如此，有的重、拙、大，讀之氣吞萬里。有的則是皺、透、瘦，細細品味，含意深遠。

當似明珠翠羽，剔透玲瓏的一方美玉。或至少也應是皺透瘦的小石。可惜以我的謭陋，呈獻的既非石，更非玉，恐只是泥巴一團，但願這團泥巴，在我自己心田中，能培養出一枝春花來。

記得先師曾誨諭我們作讀書筆記，也有三訣。他說隨身攜帶的筆記本要「小」，見到好風景，聽到好言語，讀到好文章，隨手筆記。記的字數要「少」，求其精簡賅要。凡經過思考後所記的，對事理的體認，文章的領悟必較深，也就是一個「了」字。

先師講了作精簡筆記的「小、少、了」三字訣之後，又笑嘻嘻地說，「至於做人呢，更簡單。」他隨口唱了兩句詩：「祕傳一字神仙訣，說與君知只是頑。」頑強就是他的做人原則。

時間暫停

球類比賽，雙方酣戰中，只要教練要求，或公正人一聲哨子，就是時間暫停。正看得入迷的觀眾，也都鬆了口氣，起來活動一下筋骨，好像這幾分鐘的時間是撿來的，其實明明是賠進去了。一場球賽，喊暫停的次數愈多，觀眾所賠進去的時間也愈多，眞是上了「時間暫停」的當。

時間若眞能暫停該多好？快樂的童年將無限延長，兩鬢青絲將永不轉色。可惜流光何曾有片刻停留。平時忙忙亂亂中不覺得時間飛逝。但你若爲提醒自己做某事開一下定時鐘，鐘聲一響，就驚覺那幾分鐘或半小時永不回頭了。想想看，一天能讓你定時幾次？一生又能讓你定時幾次呢？連悟道的莊子，都要慨歎：「人生天地間，若白駒之過隙，忽然而已。」孔子在川上也歎「逝者如斯，不捨晝夜。」因而希望上天能多給他點年壽以研究易經。讀此焉得不使人警惕時間的可貴。

能活著是多麼值得讚美？只有悲苦詩人黃仲則，才會厭世地吟出「茫茫來日愁如海，寄語曦和快著鞭」之句。太陽是光明的象徵，他卻希望太陽快快下山去，無怪他不能長壽。

我獨愛古代那個神話：魯陽公與韓人作戰，戰得興起，一揮長戈把西沈的太陽又挑了回來。多麼痛快？多麼雄壯？

揮戈返日，不就像今日的時間暫停嗎？

如果時間眞的能暫停，讓你活了今生今世，再活來生來世。你將盡心力造福人群，回報人間呢？還是予取予求，視一切幸福爲當然，或甚至做一個老而不死、人人厭惡的「賊」呢？

神仙鍋

神仙鍋是舊時代都市有錢人家用以蒸參湯或燉點心的一種鍋。薄薄的紫銅質地，做得十分精巧，上下兩格都有鏤空花紋，上格分兩層，裏層是蒸燉用的內鍋。下格有一扇小小的門，裏面擺一盞油燈，點燃五根燈草心，溫和的火苗煨燉白木耳、燕窩或蒸參湯，在屋子裏瀰漫著陣陣清香，是專為給老年人進補的。

我家那隻擦得晶亮的神仙鍋，當然是專為侍候父親的，一切都由招呼得無微不至的二媽掌管。父親於酒酣意足之時，由她從神仙鍋中，用銀匙舀出一小盞冰糖燕窩，遞給父親慢慢飲啜起來。在一旁的我，看得垂涎三尺，卻不敢說「我好想吃」。回屋來問母親，「為什麼要用那麼小的鍋，燉那麼丁點燕窩給爸爸吃？」母親笑笑說：「那是有福之人吃的神仙點心。」我問：「媽媽為什麼不吃呢？」她說：「我鄉下人比神仙還健康，用不著吃神仙點心。」我格格地笑了，以為媽媽一定快樂似神仙。

有一次我病了，父親把神仙鍋端到母親屋裏說：「你陪孩子半夜裏會餓，就吃點燕窩吧。」母親意外地望著父親半晌才說：「你自己要吃的，不要端過來。」父親低聲說：「你夜裏睡不著，看看那搖晃的燈花也好。」母親垂下眼瞼，微笑一下，我發現她眼角忽然淚水盈盈。

神仙鍋鏤空格子裏那五朵燈花，六十多年來，一直搖曳在我童年的夢境中。雙親已遠，遙想他們在天堂裏，一定能相依相守，共享神仙鍋裏的冰糖燕窩和那五朵溫暖燈花吧！

通靈寶石

案頭擺著各種玲瓏小玩意，每一件都包含一分溫暖友情。尤以去國日久，念老友情誼，有如醇酒，愈陳愈清冽。

朋友們都是慣遲作答愛書來的大忙人，我也雅不願以書信干擾。不如於倦讀之餘，捧起一件件小玩意摩挲把玩，回憶友人贈物時琅琅笑語神情，未始非慰情之一法呢！

書桌上一枚菱形小石，中間空心一線，穿透兩端，曾是小螃蟹寄居之處。另一面有淺淡綠色苔痕，顯得格外可愛，我因而稱之爲「通靈寶石」。

談起這塊「寶石」的來源頗爲有趣。它原是畫家莊喆從海灘撿來，他出國時未曾帶走，由朋友取出隨意丟在一隻大盤中，有一天偶被亮軒發現，覺此石於樸拙中另有一股靈秀之氣，遂向朋友要來，濡筆於石上誌其來歷，並云：「念天地之過客，終不及此石之長久，願有緣者俱得而把玩之。」不久他將小石轉贈給我。我深喜石上題字，別有情致，乃口占一絕，以答亮軒雅意：「通靈何幸遇知音，隱約苔痕剔透心。我有虛懷寧可轉，感君翰墨誌前因。」

詩云：「我心匪石，不可轉也。」石雖小，卻希望它是一塊不可轉的頑石，將之置於案頭，亦自勉之意耳。

乞討藝術

遊大西洋城時，在海灘邊散步，看到好幾個青年藝術家，用雙手把沙堆砌成一個個雕像。有俯臥的美女、有大魚或螃蟹。在沙雕作品的旁邊，鋪著一張大毛巾毯，接受來往遊客在欄杆上俯首觀賞時，隨意丟下幾枚硬幣，我才恍然於他們的乞討藝術。

這使我想起一幕完全不同的情景：從紐約市下城上西邊高速公路時，在上下班交通尖峰時刻，這兒是一個瓶頸。排長龍的車隊總得在此耐心等待變換紅綠燈。每次我們都得準備幾枚硬幣，以應付來乞討的黑人乞丐。有一次，一個身高馬大的黑人走過來，氣勢洶洶地敲打車窗大聲喊One dollar，One dollar，喊得人心驚肉跳，像中了蠱似的，我急急忙忙抓了四個兩毛五硬幣給他。如不照他開的價錢給，他一定會吐一口痰在你玻璃窗上，你受得了嗎？

他們這種趁人在車中等待通過，一籌莫展之時，敲車窗獅子大開口的要錢，比起在海灘邊瀟灑的藝術家，以沙雕娛樂遊人，由大家隨緣隨分的給錢，二者的作風，眞不可同日而語呢。

同一片天空

一位童年時代的好友自上海來信告訴我，最近才有機會回到闊別數十年的故鄉，祭掃雙親之墓，也去了一趟我們一同歡度童年的第二故鄉杭州。湖光山色依然是一樣的明媚，天空依然是一樣的澄藍，可是世事劇變，內心的悲愴有不可言喻者，寥寥數語，道盡了她所經歷的苦難滄桑。

遙想她俯仰低徊於西湖之畔，倚著欄杆，清涼的湖水湖風，熱鬧的黃昏燈火市，將會引起她多少今昔之感？我們當年嬉笑追逐於公園草坪的歡樂情景，是否又湧現心頭？

她信裏沒有多寫，只說：「我仰望雲天，天空是那麼的遼闊。想到我們都被覆蓋在同一片天空裏，卻何以四十年不能相見？」她問我：「聽說你原有回來探望的意念，何以忽又打消？姊姊，你是眞的病了嗎？但願你注意健康，留得青山在，我們重逢有日，無論如何，我們是在同一片天空裏。」

我來回讀著她紙短情長的信，禁不住淚水盈眶。

杜甫詩：「童稚情親四十年，中間消息兩茫然。」豈不也是我們的寫照？古時由於戰亂與交通的阻隔，而我們之間的消息兩茫然豈止是由於戰亂呢？

但無論如何，我們是在同一片天空裏，祝福她今後能享受溫暖的陽光，不要再有風雨無憑準的憂焦才好。

蓮的懷想

友人贈我新鮮蓮子一包，乃和以紅棗，用慢火燉爛，加冰糖與少許桂花滷，置冰箱中二小時後取食，清香可口，涼沁心脾。邊享受，不由得邊想念杭州西湖的荷花。可惜我不能畫，不能詩，笨拙的筆，實難用文字描繪風荷之美。

西湖的十里荷花是世界名勝之一，當年常與二三同學泛小舟蕩漾於亭亭的綠雲之下，仰首看朵朵荷花，迎風招展，卻何曾體會得「出汙泥而不染」的深意。

佛家說荷花開放於炎夏，炎夏表示煩惱，而清涼的水就是菩提。年少時沒有煩惱，卻喜愛「菩提」二字逗起無限聖潔的想像。

荷花亦稱蓮花。佛經中說，人間的蓮花只數十瓣，天上的蓮花有百瓣，淨土的蓮花則有千瓣，佛坐於千瓣蓮花之上，蓮花是最高智慧的象徵。佛是蓮花，蓮花是佛。啓示世人以大慈大悲的佛爲榜樣，驅除煩惱，嚮往菩提。

幼年時在故鄉，母親常以供過佛的蓮花，一瓣瓣和了麵粉炸「蓮花鬆」吃。清香柔嫩，到嘴便化。蓮梗、蓮葉泡山泉當飲料，清心明目。蓮藕、蓮子更是袪暑妙品。母親常說：「蓮花奉獻了一身的全部，表示佛照顧了我們一切。」

臺北市好像只有植物園才有荷花，在忙忙碌碌的煩囂都市中，不知有幾人能帶著閒情逸致，到荷花池邊小坐，接受片刻的雅淡清涼呢？

嬰兒與盜賊

看電視特別節目報導，一個女嬰掉進草坪上沒有加蓋的洞穴中，母親立刻電話九一一求救。他們急急趕到，可是營救工作極度困難。因爲洞穴窄而深，垂落下去牽引嬰兒的繩索，她不懂得用手握住。營救隊乃動員大批人力，從洞穴旁邊挖一個大洞下去，再橫著開條隧道到嬰兒所在的那一點，把她抱出交還給焦急萬狀的母親。圍觀的人群拍手稱慶，嬰兒卻仍然憨憨的，懵然不知大人們已爲她作了一場生死的搏鬥。

在另一段新聞報導中，卻看到一個犯了一百多次殺人罪的重犯，雙手被反銬著，從重刑監中提出來，接受訪問。他居然笑容滿面，侃侃而談，如數家珍似地敘述著自己的殺人案件，有如回憶輝煌的英雄事蹟，聽得人毛髮悚然。

警察逮捕殺人惡魔，與九一一急救隊營救嬰兒出險這兩件事，是多麼強烈的對比？

每一個嬰兒自呱呱墮地，由雙親提攜捧負到長大成人，他們的智愚賢不肖，他們的作聖作狂，都非父母師長所能把握。且看那個殺人重犯，豈不也是從純潔的嬰兒，由雙親千辛萬苦撫育成人的嗎？他何以不感念父母之恩，不愛惜可貴的生命呢？他又何以不尊重別人的生命呢？

人之初、性本善。而惡卻又從何而來？這豈不是造物弄人，愛之欲其生，惡之欲其死嗎？

——民國七十九年一月二十四日《聯合報》副刊

一幕難忘的情景

十多年前，我從中壢市中大下課回來，校車在武昌街街口停下，我從重慶南路走向衡陽街口搭公車回家。在等待時，看見一位母親牽著她大約三、四歲的女孩，在行人道的地攤邊停下來。母親蹲下去選日用品和小孩衣服，小女孩就全神貫注地在摸弄隔壁攤位上的玩具。她拿起一隻在彈弓上翻觔斗的小猴子。小手使力一捏，猴子就撲通一個觔斗，她開心得格格地笑，顯然她已愛上這隻頑皮猴了。母親買好衣物，付了錢，牽起她要走，她卻舉起手裏的小猴子喊：「媽媽，我要這個。」母親向攤販主人問了價錢，打開小錢包一看，發現錢已用完了，就說：「下回來買，我們走吧！」可是小女孩捨不得放下小猴子，仍喊著：「媽媽！我要嘛！」母親生氣的奪下玩具，拉起她快步走向對街，小女孩不由得大哭起來。攤販主人愣了一下，忽然拿起猴子，三步兩腳追上前去，把猴子往小女孩手中一塞說：「送給你。」女孩仰臉望著她，眼淚汪汪地說：「謝謝阿姨。」可是母親不好意思地想要還給她，她卻連連搖手，顧自走回攤位了。

我一直呆呆地站在那兒，眼看這一幕情景，彷彿自己就是那小女孩，捧著失而復得的小猴子，心裏好感謝那位慈愛慷慨的攤販阿姨啊！

賣糖老人

讀華副的一篇〈受騙記〉，作者寫童年時手裡捏著一張五十元的鈔票在門口玩，一個賣楊桃水的老人走來，倒一杯楊桃水給她喝，她喝了幾口，覺得澀澀的不好喝，還給老人，老人卻要她五十元，還伸手想搶她的錢，她嚇得趕緊逃回家了。

看了這段故事，使我想起自己童年時的一幕情景。

有一天，我在門口踢毽子，一個賣麥芽糖的老人推著車子來，我好想吃麥芽糖，但是身邊沒有錢。老公公摸摸我的頭，用小刀割一大片麥芽糖給我。我接在手裏，正想回家向媽媽要錢，老公公就推著車走了，我急忙追上去，把口袋裏的毽子使力剝開，挖出裏面兩個亮晃晃的嶄新銅錢遞給他，說：「公公，這是我很喜歡的銅錢，我要給你。」老公公又摸摸我的頭說：「你不要給我錢，我喜歡你才給你糖吃的，回去讓媽媽再給你做一個新的毽子。」

他推著車子，駝著背走了，我看他舊棉襖上有好幾個破洞，棉絮都露出來了，心裏好難過。

我和前文所提作者的童年時代，相差半個世紀，而人心不古，連賣糖果的老人都不一樣了，怎不令人感慨。

一片愛國心

我曾有一篇短文，記述一位在印尼的朋友史迺麗，以她滿腔愛國熱忱，伸出至誠的手，與當地僑胞緊緊相握。更以她豐富的社會教育與幼稚師範教學經驗，展露才華，使省籍不同的僑胞，密切結合起來，爲一個共同的目標——教育下一代中華兒女——提出構想，舉辦各種藝文活動。短短一年中，成績斐然，使血濃於水的同胞，將熱情化作力量，這一切都由於迺麗的親和力與辦事才能促成的。

她於百忙中給我來信，欣慰地告知我一切，那一份忘我的精神，使我感動萬分。

最近迺麗來信說，因爲她夫婿合約期滿，將於年底束裝返回美國。她與僑胞相處得這麼融洽，別離前的依依之情可以想見。有一天，僑胞們相約全家大小，帶了禮物和茶點，到她家裏舉行一次盛大的惜別餐會。一百多位中國朋友，老老少少，合唱她所教他們的「中華民國頌」、「梅花」、「我是中國人」等愛國歌曲。他們邊唱邊淚水盈盈。那一份心與心的交融，那份思念祖國的情懷，都融入忽爾高亢、忽爾低沉的歌聲中了，他們從上午十時至晚上八時都捨不得分散。

萬隆居民在每一個星期一，都有一次集會稱爲Hash，由各國人士組成，是一種越野跑步運動，目的在增進健康，如那一週中巧遇有哪一國國慶，就由該國人士策畫舉行慶祝餘興節目，但從來就沒有慶祝過中華民國的國慶。儘管愛國僑胞深有此心，但因印尼政府排華甚烈，他們總不免有所顧忌。洒麗在印尼是短暫居留，她不必顧到這些，今年雙十國慶，正好巧逢星期一，她認爲良機不可失，乃對華僑朋友們極力說服，鼓舞大家有錢出錢，有力出力。趁這次Hash集會的機會，舉行一次有意義的，可留給大家深刻印象的慶祝會，大家都一致贊成。於是由兩位紡織廠老闆與她合資製作二百件印有「梅花雙十中華」與「七十七年國慶紀念」的運動衣，贈給全體參加Hash的中外人士。有的僑胞做了炒麵、餃子、春捲等各種點心款待大家。

那天下午，她們都懷著興奮無比的心情，別出心裁地布置會場，當好大的一個雙十和紅藍白彩帶掛上正堂時，僑胞們都興奮得熱淚盈眶。洒麗把自己家中一直供在佛前的一面國旗，擺在桌子上，中外人士都跑來細看。竟然有許多年輕華僑一直未見到過中華民國國旗，她心裏好感慨。

那天，迺麗特地穿上一件紅旗袍，盛點心給每一位嘉賓，一面驕傲地向他們介紹：「今天是中華民國的國慶。」所有中國人合唱「梅花」，氣氛十二分熱烈。

晚上八時由一位愛國僑領在大餐廳舉行國慶餐會，席開四十五桌，其中三桌是專爲招待Hash中對我們友善的外國朋友的，這些請帖都由迺麗於事先一一發出，他們每一位都欣然來臨。僑領特地把迺麗介紹給大家，也請迺麗介紹每一位華僑給外賓，大家都高聲祝賀中華民國國慶。當華僑全體合唱「中華民國頌」時，迺麗雙頰淚水涔涔而下，老年的僑胞也都哭了。他們對迺麗說：「我代表萬隆地區所有的中國人，謝謝你的策畫，使我們久離祖國的人，能有這樣的機會慶祝國慶。」

迺麗內心的感受好複雜，她安慰的是我們中華民族，在苦難中奮鬥起來，兀立不懼的國家，終於在各國人士心中留下深刻印象，也讓他們認識我們的國旗。她寄望的是明年、後年……從此以後，我們的華僑在每年的Hash集會中，都能合力策畫一些節目，藉此加深外國人士對中華民國的印象，與下一代兒女對祖國的愛。

迺麗也感謝那位筵開四十五席，招待全體中外人士的老僑領。她希望由於這樣熱烈的招待，使外國人知道，也告訴他們的親友家人，中國人並不是一盤散沙，當有一天我們團結時，力量是無比的。

最難得的是那位Hash的主辦人告訴她，他們正在編印一本紀念刊物，他對這次的集會太感動了，他要特地保留幾頁做中華民國的報導，要她儘速提供國慶活動的照片及資料，她馬上答應，一定快快將此事做好。

迺麗深深領悟到：只有當你重視自己的國家時，別人才會對你的國家表示尊敬。「我眞的好希望每一個中國人，都能以身爲中國人爲榮。」她說。

她在離印尼前夕，百般匆忙中給我來信，是希望我知道，她在印尼沒有渾渾噩噩地過日子，她已爲自己的國家做了一些有意義的事，相信我一定爲她高興，她願以這份快樂與我分享。

希望迺麗的努力是一個開始，願今後每年雙十國慶，印尼華僑都能不畏阻力，舉行慶祝大會。愛國僑胞們心的結合，血的交融，就是最大的力量啊！

——民國七十七年十二月五日《中華日報》副刊

陸放翁的感情生活

陸放翁，是北宋末年、南宋初年的一位大詩人，也是大詞人。他一生氣吞逆虜的壯志雄心不得酬，他少年時代的愛情受了極大的挫折，乃將滿腔抑鬱悲憤，寄托於詩詞。他吟詩將近萬首，詞則僅一百三十餘首。無論詩與詞，首首都是血淚凝成。

他獨特的際遇，形成了他作品的獨特風格。那就是：首首都洋溢著眞摯熱烈的感情——對國家民族的愛，與對不得不分開的妻子矢志不渝的愛。所謂「詩人不幸文章幸，賦到滄桑句便工。」也正如梵谷說的：「我的藝術，乃是以感情打動人心。」讀陸游的詩詞，心靈是沒有不被震撼的。

他仕途坎坷，入川後便灑脫地自號「放翁」，單是一個「放」字，就可體會到他放浪中的那分無奈。他活到八十六歲，人謂他「老尙多情是壽徵」，但如不是他晚年鄉居時熟讀老莊，深有所悟，他如不是寄情山水，幾乎一日一詩，曾經千波萬浪的坎坷老詩翁，是不是也會活得很寂寞呢？

他的愛情故事是盡人皆知的，他的一首〈釵頭鳳〉更是膾炙人口的：

紅酥手，黃藤酒，滿園春色宮牆柳。東風惡，歡情薄，一懷愁緒，幾年離索，錯、錯、錯。　春如舊，人空瘦，淚痕紅浥鮫綃透。桃花落，閒池閣，山盟猶在，錦書難托。莫、莫、莫。

放翁元配唐慧仙，二人愛情彌篤，但爲母氏所不容，不得不仳離，後唐氏改適趙士程，一日在沈園邂逅，放翁百感交集，在牆上題了這首詞。他連下三個「錯」字，三個「莫」字，可以想見他內心的沈痛與無奈。據說唐氏見了此詞，也和了一首：

世情薄，人情惡，雨過黃昏花易落。曉風乾，淚痕殘，欲箋心事，獨倚斜闌，難、難、難。　人成各，今非昨，病魂常似秋千索。角聲寒，夜闌珊，怕人尋問，咽淚裝歡，瞞、瞞、瞞。

此詞是爲唐氏親作，或疑爲後人擬托，已不可考。但至少也寫出了她心頭無限鬱結。他們都各自收拾起淚痕，向命運低頭了。唐氏終於鬱抑而死。其後放翁曾三次重到沈園憑弔舊跡，每次都悵觸萬千地賦詩寄情。儘管他詩中說「年來妄念消除盡，回向蒲龕一炷香。」卻仍是悲嘆「此身行作稽山土，猶弔遺蹤一泫然。」直到八十四歲他辭世前兩年，仍不能忘沈園舊事，再賦了一首最最傷心的詩：「沈家園裏花如錦，半是當年識放翁，也信美人修作土，可憐幽夢太匆匆。」

幽夢匆匆，愛情的夢破碎了，而他「一身報國有萬死」的夢，又何曾能實現，眞個如他自己說的「只有夢魂能再遇，堪嘆夢不由人做」啊！

他的〈書憤〉一詩，是慷慨激昂的代表作之一：「早歲那知世事艱，中原北望氣如山。樓船夜雪瓜州渡，鐵騎秋風大散關。塞上長城空自許，鏡中衰鬢已先斑。出師一表眞名世，千載誰堪伯仲間。」

讀此詩，不由人悲憤塡膺。後人嘆：「來孫眞見九州同，家祭如何告乃翁。」九州固然統一了，但不是統一於王師。放翁忠魂有知，能不沈痛哭泣嗎？

夏承燾先師曾有詩題劍南詩稿云：「許國千篇百涕零，孤村僵臥若爲情。放翁夢境我能說，大散關頭鐵騎聲。」即是指的〈書憤〉一詩。

放翁詞作數量不及詩的百分之一，而首首都是精金翠玉、嘔心瀝血之作。尤其是那首〈卜算子〉，可說是他一生坎坷際遇與堅貞志節的寫照：

驛外斷橋邊，寂寞開無主。已是黃昏獨自愁，更著風和雨。　無意苦爭春，一任群芳妒，零落成泥碾作塵，只有香如故。

全首都是象徵，是一首技巧最高明的詠物詞。梅花隱喻他自己，自甘寂寞地開放，自甘寂寞地零落，寂寞地成泥、成塵，而幽香永遠不滅。

再三讀此詞，使我們觸摸到這位大詩翁堅貞高潔的心靈。他對我們的啓迪，又豈止是文學境界的提升而已呢？

「留學」與「流學」

我不是留學生，但當年曾做過留學生的夢，因環境變遷，這個夢未能實現。記得當年在上海求學時，我向恩師夏承燾教授訴說沒有能力留學的事，言下仍不勝悵恨。夏老師笑笑說：「你已經留學啦！你離開故鄉溫州，遠渡東海，到洋場十里的上海來讀書。說的是上海話，吃的是三明治，都是洋裏洋氣的，不是留學是什麼？你應該愛惜這一段光陰，留在異鄉，好好求學，千萬不要抱怨、後悔。抱怨和後悔會使你變得愚笨、遲鈍，白白錯過大好光陰。」

恩師的一席話，使我深深領悟，到處可以讀書求學，不分故鄉異地，不分國內國外。

現在我陪同外子的調差，來到美國，不免時常有去國懷鄉、疏離寂寞之感。外子勸我說：「你不是懊惱沒有留過學嗎？現在你才是眞正當了『留學生』了。因爲你留在美國，抱著求知學習的心情，快樂的安享餘年，就是留居而求學了。我們應當記住恩師的話，愛惜光陰，不要抱怨、後悔，那會使人愚笨遲鈍，連學習與吸收新知的快樂都享受不到了。」

我非常感謝他的提醒，安心地做我的「美國留學生」。

我又想到「留」這個字，與「流」字同音，而意義有點相反。前者是靜止的，後者是動態的。但我覺得一個求學的人，不應當老是靜止，應當多多流動。書本以外，活的知識一樣重要。應當利用機會，多參觀、旅遊，多結交朋友。吸收日新月異的新知識。尤其重要的是將自己本國的文化帶給西方，把西方的文化帶回本國，二者起交流作用，所以我認爲「留學」，似亦可稱爲「流學」，是兩種文化與文學相互交流的意思吧。

——民國七十八年八月二十九日《世界日報》

幼兒的心願

小威威才滿兩歲，一張圓圓的小嘴，英文夾中文，說個不停。

媽媽問他：「威威，你長大了要做什麼？」

「要當大大。」他很快地回答。

「我知道威威長大了要當doctor。」只有媽媽才聽得懂他的話。

有一天，他靠在窗子上向外看。忽然高興得又跳又叫，媽媽奇怪地問他：「你在看什麼？」

「看倒倒。」他馬上又說：「我要當倒倒。」

媽媽說：「我知道，威威長大了要當doctor。」

「不是doctor，我要當倒倒。」他小手指著窗外。

媽媽走到窗邊，看見巷子裏進來一輛垃圾車，正在把桶子裏的垃圾倒進車子，機器隆隆的響。媽媽恍然大悟，原來小威威是羨慕八面威風的倒垃圾的清道夫，才說要當倒倒。媽媽生氣地說：「沒出息，怎麼當倒倒？要當doctor呀。」

小威威心裏一定在想，媽媽爲什麼一定要他當doctor？當倒倒多好玩呀！他想要當的，是他最羨慕的人物啊！

我兒子幼年時，我們不讓他隨便開冰箱。於是他最喜歡說的一句話就是：「我長大了要當修理冰箱的電器匠。」那樣，冰箱就可以由他隨便開了。

我回想自己幼年時，最大的志願是「長大了要當小學老師」，我就可以叫別人背書，打別人手心了。

——民國七十九年五月十八日《中華兒童》

寂寞童心

有一首兒童詩：

鏡子裏有一個小女孩
長得跟我一樣
她在哭呢
是不是爸媽不在家
是不是沒人陪你玩
出來吧，出來跟我玩
我們不要哭

我讀著讀著，心裏眞想哭。

又想起有一對父母，因爲工作太忙，一直把第二個孩子寄養在乳娘家裏，稍稍長大以後，才把他領回來。他跟哥哥在一張小圓桌上吃飯，爸爸給他們各夾了一塊雞肉。弟弟對哥哥說：「你爸爸給我一塊雞肉吃。」

「我爸爸也是你爸爸呀。」哥哥說。

「不是的。」弟弟搖搖頭。

「是的嘛。」

「那我爲什麼一直沒有看見過他呢？」

「我也不知道。」

「一定是他不喜歡我啊！」弟弟哭了。

哥哥放下筷子，走過來緊緊擁抱著弟弟說：

「弟弟！哥哥喜歡你，爸爸媽媽都喜歡你，你不要哭啊！」

——民國七十九年四月二十五日《中華日報》副刊

孤寂老婦

有一次收看電視裏訪問單身婦女俱樂部的幾個婦女，要她們談談生活情況，逢年過節時有什麼感想。

她們一個是抱獨身主義的，一個是離了婚的，一個是寡婦。她們覺得儘管有親朋戚友，但和單身同道在一起談笑玩樂，另有一片廣闊天地。獨身主義者爽朗地談她豁達的人生觀。離婚婦人坦率地講她的婚姻挫折經驗，寡婦則微帶感傷地回憶與去世伴侶的幸福歲月，和如何經過心的掙扎而重獲生活情趣。她們都顯得健康、快樂，更能勇敢地面對現實，發揮個人能力，服務社會。

但說實在話，被訪問者究竟都是抽樣人物，而且面對記者與螢光幕，也格外顯得容光煥發。我卻時常在散步時，看到好幾個寂寞的老婦人，牽著狗踽踽而行。有一次，在候車亭見到一個老太太，她的臉皺得像風乾栗子，嘴裏不停地喃喃著。我不敢與她搭訕，只默默地低著頭。她問我是住在附近的嗎？我點點頭，她自言自語地說：「我來女兒家作客，他們都上班了，我就出來看車子上上下下的人！這樣也好殺時間啊。」我心裏很替她難過，卻又不想多說話，同情心也因司空見慣而麻木的吧。

面對著她，倒使我想起那一年遊拉斯維加賭城，夜間所見到的一位老婦人，正如眼前這位同樣的，一頭白髮，穿一件紅毛衣。她坐在扳機前一枚枚地投著角子，我在她身邊站著，也在一個機器裏投了十枚五分的，沒多大興趣就走開了，她笑著向我擺擺手，很替我可惜的樣子。

第二天一早，又看見她坐在那兒，不免走過去問她：你玩了一夜嗎？她說：「睡了一下，睡不著，又下來玩了。」我問她：「運氣不錯吧？」她說：「運氣對我沒多大關係了，贏來一大把還是再投回去，我只是為了殺時間。」我奇怪她怎麼會不累。她說：「我已經七十了。醫生說我心臟不好，還是出來玩玩的好。」她告訴我有一兒一女，都分散異地，只有聖誕節和她生日才會寄卡片回來。她雖有很大房子，卻寧願住旅館，有人打掃，又不用自己做吃的。她看看我這個外國人說：「你眞幸福，這麼年輕到處玩。」我告訴她已經不年輕了。她仍喃喃地說：「玩吧，趁年輕時玩吧。」

她的眼神有點茫然，忽然拉著我的手說：「你一定會去玩大峽谷吧！那裏我去過兩次，第一次是新婚蜜月旅行，第二次是丈夫得了癌症以後……」我怔了一下，對眼前這位陌生老婦的傷心故事，我不忍心聽下去，何況接我們去大峽谷的車子馬上要來了。但我又不好意思馬上走開，便拍拍她肩膀說：「好好玩，當心你的身體。」她卻木然地只顧說下去：「那時我們坐在小小的直升機上，望下面的層層峭壁，那麼的寂寞、遼闊，孩子們都走的老遠的，他也快走了，……」

我沒法再聽下去，她的自言自語，令人心碎。我相信這樣的獨白，她不知和陌生人們重述過多少遍了。人生本來如逆旅，匆忙來去的過客，誰又會關心誰的遭遇呢？

可是那老婦人悽惶的印象，一直留在我心中，比起在電視裏那幾個豁達單身婦女的侃侃而談，自有天壤之別了。

——民國七十七年八月四日《世界日報》

忙與閒

李清照有一句名句：「這次第怎一個愁字了得。」現代人該說：「這次第怎一個忙字了得。」忙、忙、忙、忙得連發愁的時間都沒有了。

常覺得與朋友通電話時，總免不了會說：「最近好忙。」這個「最近」，其實是語意含糊的「無限期」。還有呢？你如果說「哪一天我們見見面，歡聚一下。」這個「哪一天」也是無限期的延長，可能幾年也實現不了。

我現在不敢再這樣說了，因爲自知年事日長，來日無多，不容我作心有餘而力不足的期約，以免遺憾終生。

我已經有過兩次無可補救的遺憾，好像我是個對朋友輕諾寡信之人，其實都只因爲一個「忙」字。

想起很多年前，我曾與摯友多慈姊相約去拜謁蘇雪林先生，卻因上班與兼課疲於奔命，連去郊區看一下多慈姊都抽不出時間，更別提連袂去臺南看蘇先生了。不久多慈姊因病赴美求醫，竟於歸途中不幸逝世，我與她就此緣慳一面。

後來我隨外子的調職到美國，三年後回臺，曾多次與多慈姊的夫婿許紹棣先生通電話。每次都說要去他內湖新居看他，卻因事忙一拖再拖。豈料許先生竟以腸疾突然逝世，我所說的「哪一天一定要去看您」這句話就成了永不能實現的空話，辜負了他多少次熱誠的邀約。只爲以一個「忙」字自我原諒，輕易喪失了與好友見面的機會，而成了終生無可彌補的遺恨。

去年回臺，和幾位朋友去臺南拜謁蘇雪林先生，事前並不曾與她約定，以免她老人家等待。當我們從她虛掩的大門輕悄悄地進入時，看她正在廚房裏低頭拌貓飯，幾隻胖貓咪圍在她腳邊咪唔咪唔地叫。她擡頭看到我們時，高興得大喊起來。最難得的是她清清楚楚記得我們的姓名，她除了重聽以外，精神十分健旺，高聲地對我們問長問短，關心文壇近貌，青少年心態，滿腔愛國熱忱，尤令人感動欽敬。最難得的是以她九十三的高齡，每日閱報讀書著述不輟，她抱怨現在報紙增張，花去她太多時間，她才是眞正懂得享受歲月的大忙人呢。

歸途中，我很高興自己沒有對蘇先生說「我最近好忙。」因爲比起她老人家的手不釋卷，筆不停揮，我才是閒拋歲月，不夠資格說一個忙字呢！

記得恩師曾有詩勉勵我云：「但能悟得禪經了，便覺忙時勝似閒。」他是教我珍惜寸陰，培養閒適心情。可是對我這個沒有慧根的人來說，倒要自嘲一句：「只因未把禪經悟，常覺閒時也似忙」呢。

——民國七十九年四月九日《臺灣日報》副刊

一點心願

——由散文到小說四十年

民國三十八年到臺灣，生活初定以後，精神上反漸感空虛無依，最好的寄托就是重溫舊課，也以日記方式，試習寫作，但也只供自己排遣愁懷，原未有投稿見報的念頭。那時唯一的好友孫多慈女士帶我去拜訪謝冰瑩先生，她二位就極力鼓勵我將稿子寄出去，如能刊出，不但那分驚喜無可言喻，也因此與讀者及其他作者獲得心靈溝通，正是以文會友之意。因此我就將一篇在抗戰期間即已寫好的回憶手足的文章〈金盒子〉修改後寄到中央副刊，不久即被刊出，而且獲得很多讀者的反應，從此我就開始了我的寫作生涯。

那時武月卿女士主編中央日報婦女家庭版，刊登文章的作者都是我心儀已久的。我把第二篇稿子〈飄零一身〉寄去時，不但承她馬上刊出，還給我寫來一封非常誠懇的信，約我多多寫稿約我見面。那分溫暖的情誼，可說是我以後持續不斷寫作的最早原動力。可見得一位筆頭勤、對作者關懷的主編，可能於一舉手之間，就促使一位作家的漸趨成熟。我至今寫作不輟，感謝的第一位是鼓勵我投稿的謝冰瑩先生與多慈姊，第二位就是給我寫信邀稿的月卿女士，令人悼惜的是多慈、月卿二位，都已先後逝世，冰瑩先生則以目疾而少寫，定居美國頤養天年了。

由於寫作交了許多朋友，心境是開朗的。但開始一年中都是寫散文。有一次，世交杜蘅之先生（現在是我妹夫）認爲我的筆調亦宜於寫小說，何妨一試短篇小說呢！那時正值我小病初癒，蝸居斗室，百無聊賴，就靠在室內唯一的藤椅裏，把外子的萬能手所刨的一塊萬能木板，移放在椅子把手上，就伏「案」振筆疾書，編織起故事來，那就是我的第一篇小說〈姊夫〉，刊登在《文壇》雜誌創刊號上。

記得文章刊出時，我正因胃病住院，陳紀瀅與趙友培二位先生特地帶了《文壇》來看我，對我說：「你的小說寫得很好，所以在第一面的位置刊出，這該是你病中最好的禮物吧。」我那時很膽怯，羞赧地不知說什麼好，竟連雜誌都不好意思當著他們打開，只期期艾艾地說了聲謝謝。待二位先生走後，才伏枕「偷」看起來。這篇稿子，在寄出以前是經過外子「三讀通過」，而且承他於百忙中代我重抄一遍，以免主編先生一見我的「十八帖」就頭大如斗而遭退回。及至變成整齊鉛字刊出，眞的是愈看愈「好」起來，驚奇於自己居然有如此「豐富的想像力」與「細膩的筆觸」呢。這篇〈姊夫〉，直到今天還有人提起而誇說它一番，但也僅僅只有這一篇，被人記得，可見得我以後所寫的小說，都未能超越那一篇吧，可是我並不灰心，我始終有寫小說的興趣與「雄心」。總是對自己說：「我心裏有一篇最最好的小說，還沒寫出來呢！我一定要把它寫出來才甘心。」看我傻勁有多大。

〈姊夫〉刊出以後，那時在我心目中的文壇前輩林海音陪同劉枋來看我，約我再爲《文壇》寫第二篇小說。這一下，我可眞有點受寵若驚，對著她們，我說話都結巴了。劉枋以爽朗的聲調說：「我們都很愛讀你這篇東西，很有情操。」我當時竟連「情操」二字都沒聽清楚，呆頭呆腦地問「你說什麼？」海音琅琅地笑道：「就是很有情趣，很雅啦！」她的一口京片子更使我覺得自己拘拘束束的土氣，但被她們一誇讚，也就飄飄然地答應再寫第二篇了。

第二篇是寫的一個女性含悲忍讓的愛情故事，我一路寫，一路在想，今後不論寫友情、親情、愛情，不論表現什麼主題，都必須有一分高潔的情操。像寫散文一般，一定要樹立起自己的風格，不模仿、不因襲，尤其要表現東方女性溫柔敦厚的美德，中國古代「樂而不淫，哀而不傷」的詩騷之旨。但以限於才情，能達到幾分，全在自己努力了。

那篇小說刊出以後，不久即接獲中華副刊主編徐蔚忱先生來信，約我也寫篇小說。我眞是再度的受寵若驚，對自己寫小說似乎更有了信心，馬上又寫了一篇，寄給徐先生，也承他讚美不置。可是我自己感覺到，由於主編的邀稿，在心理上多少構成壓力，下筆之際，就不及主動寫的那麼收放自如。我對自己警惕，愈是有人約稿，愈得謹慎下筆，不可愧對主編與讀者。這也可以說是一個作者應有的負責態度吧！幾十年來從事寫作，主編好友們誠懇地約稿，我都是懷著這分謹慎小心的心情應約而寫，從沒一次，敢把作品草草交卷的。同時，我一直把握一條原則，就是寫小說時，無論在文字上，故事的安排上，人物的性格上，都希望能灌注入一分能耐人沈思、發人深省的意味。寫小說固然是爲娛樂大衆，不是載道的社教工作，但文學有潛移默化之功，影響社會人心至巨，所以我仍固執於作品的道德意義。詩經有句云：「採葑採菲，毋以下體。」我們仍當多寫美好光明的一面，給予讀者以娛樂以外，多一點啓發。這也許是我讀了點舊書，食古不化的固執吧！

我的第一本小說散文合集《琴心》出版時，承名畫家梁雲坡先生對內容的喜愛，自動爲我設計一張極具深意的封面。有了好封面，我與外子勇氣倍增，傾當時全部積蓄，委託臺北監獄印刷工場印了五千本，也沒打紙型，就一版而絕。外子於每天下班後，揹了書到重慶南路各書店推銷，居然索書者源源而至，而且出現了好多篇識與不識者自動所寫的評介，一篇篇都使我無限驚喜又惶恐，這一分榮幸，至今仍感溫暖在心頭。

想起那時出版物不及現在發達，遇有一本認爲有可讀性的書，讀者客觀地評介推薦，主編也客觀地樂於刊登，都是非常自然的事。書評刊出以後，讀之者欣然，受之者坦然，絕無「拜託」或「受託」的猜測疑慮。不像今天出版物如此鼎盛，一本新書問世，命運如何，出版家與作者都無法預料。高水準的讀者，即使十分欣賞，卻因忙碌而無時間主動撰文介紹；出版家雖以廣告大力推薦，也未見得能獲讀者的注意，或視爲一般的商業宣傳，遠不及各種排行榜統計之有「權威」，受人矚目。因而一本書的暢銷或被冷落，一半是內容是否經得起考驗，一半也是書的命運有幸與不幸。大家都知道，許多書叫好不叫座，書的暢銷與否，並不意味著書本身價值之高低。所以「好書不寂寞」只是個理想，「寂寞的一定不是好書」這句話，卻是不公平的，這是我附帶的一點感想。

令我感激的是當我的第二本小說集《菁姐》出版時，一位專欄作家筆名藥婆的，曾予我以非常嚴正準確性的批評，她說各篇中那些「脈脈含情」「怨而不怒」的女主角幾乎都是一個典型的人物，問我爲什麼不能描寫更多性格的人物。勸我努力擴充寫作領域，體驗各階層人物的心態，不可囿於小小圈子，只寫兒女情長篇章。我深深領受她的啓示，也曾試寫公務員、法官、囚犯、小市民、女店員等人物的諸般心態，好朋友們曾開玩笑地說我也會寫「社會小說」，不只是閨秀派作者了。

這些都只是自我陶醉的話，說實在的，幾十年來，我大半著力於寫散文（因爲主編向我索稿的都是散文），未能寫上一篇眞正引以自豪的小說。一則是才情不繼，二則是努力不足。但我總是向著正確的方向努力。詩、詞、散文、小說，我都一樣的著迷，在中央大學任教的幾年，我擔任的是小說選讀課程，對古今中外小說的欣賞與分析，不得不下點工夫。但我總是帶領同學們一起直接從作品本身去欣賞分析，並不拘泥於許多高深的文學理論，也不迷信「權威」。在創作方面，我只就自己的興會與領悟而寫，不虛飾矯情，不在文字上賣弄才情、刻意求工，而至以辭害意。只以自然之筆，寫眞實之情。今後在散文之外，但願以有限餘年，寫出幾篇能對自己交代的小說來。這是我對自己許下的一點心願，我將以此自勉。

——民國七十五年二月二十一日《中華日報》副刊

附錄

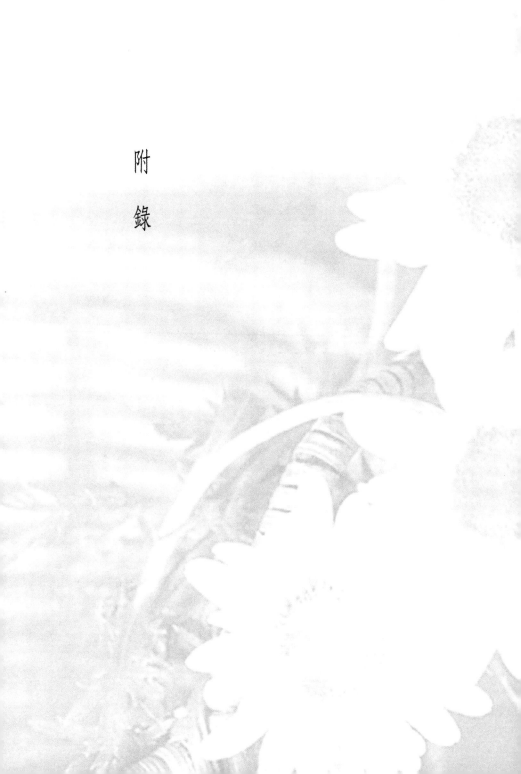

了解琦君・認識琦君

——琦君小傳

琦君，本名潘希珍，出生於浙江省永嘉縣瞿溪鎮。幼隨母住鄉間，簡樸的農村生活、大自然和綠水青山，與慈母的豁達笑語神情，在琦君幼小的心靈中留下極深刻溫馨的印象。父任軍職，退隱後在家鄉興辦鄉村小學，教育鄉人的子弟，更聘嚴師教琦君讀古書、學禮儀，常被打得手心紅腫，罰跪至膝蓋發麻，只想出家當尼姑。幸於十二歲被帶到杭州，考入弘道教會女中，畢業時以優異成績免試入之江大學中文系，受業於浙東大詞人夏承燾教授，始悟學業與品德必須並重。畢業後留校任助教，常代課講授大一國文，頗得教學相長之樂。抗戰中雙親先後逝世。離亂中冒險返鄉，憂患備嚐，乃將先人全部藏書捐贈永嘉籀園圖書館。抗戰勝利復員回杭州，再將舊宅全部藏書捐贈浙江大學中文系圖書館，藉公家力量保存圖書，為先人留永久紀念，亦發揮了好書供學子閱讀的實際效果。

一九四九年因局勢轉變來台灣，任高檢處書記官，以司法人員訓練班第一名成績調司法行政部任編審，整理圖書，並主動訪問監獄受刑人，於懇切對談中深切體悟受刑人觸犯刑章的痛苦心情，以現身說法的筆調，編寫了一套受刑人教化教材，供法官量刑之參考，亦供獄中受刑人閱讀，頗收潛移默化的效果。是琦君服務公職中較可自慰者，因而引起教書興趣，乃利用夜晚時間，先後在世界新專（現改制為世新大學）、文化學院（現改制為中國文化大學）、中央大學兼任教職，講授古典文學與現代散文創作，甚得教學相長之益，同時潛心寫作以自勵。

一九六五年代表台灣省婦女寫作協會應邀訪問韓國，將韓國名女作家崔貞熙的英譯長篇小說譯為中文，以饗國內讀者，並促進中韓文學之交流。

一九七二年應美國國務院邀請訪問夏威夷與美國本土，並參加愛荷華大學國際寫作班討論會，益發提起寫作興趣。習作時，牢記恩師的誨諭：「情要真，義要深，文要精，格要新」的原則，未敢稍懈。第一本散文集問世時，深獲前輩作家蘇雪林的讚許鼓勵，益加堅定信心，以寫作為終生志業。

出版作品四十餘種，包含散文、小說、兒童小說，詩詞評論等。散文集《煙愁》於一九六四年獲中國文藝協會散文創作獎章，《紅紗燈》於一九七〇年獲中山文藝創作獎，《琦君寄小讀者》（重排新版已改名為《鞋子告狀》）於一九八五年獲新聞局優良圖書金鼎獎。《此處有仙桃》於一九八八年獲國家文藝獎。

一九七七年因夫婿調美工作，乃自司法界退休，辭兼任教職去美國，專心讀書寫作。散文之外亦醉心於小說，曾於一九八九年應台灣現代文學討論會之邀，回國講評潘人木名作長篇小說《馬蘭的故事》，一九九二年應邀赴巴黎，在海華文藝座談會上與當地華文作家交換心得。

二〇〇四年六月偕同夫婿回台北定居。

琦君回家

田新彬

淡江大學旁一棟二十層大廈寬敞明亮的大廳裡，打扮得整整齊齊、點著淡紅脣膏、滿頭銀白的琦君，精神奕奕地扶著助行器親自迎來。「見到老友們真是太好了！」她興奮地說，和我們一一擁抱，臉上展露著發自內心的真誠微笑。

「我們」是劉靜娟、廖玉蕙、方梓、林黛嫚和我。四個編副刊的，和琦君的淵源自是不淺，唯一沒編過副刊的廖玉蕙，卻是近年來五人中唯一見到過琦君的。三年前暑假，因執行國科會的一項計畫，廖玉蕙飛到紐約，親赴琦君家中拜訪，不但做了很長的訪談，還用錄影機把琦君在美國的生活做了完整的紀錄，為文學史留下珍貴的資料。

今年六月，琦君和夫婿李唐基搬離居住了二十一年的美國新澤西州，回到臺灣。琦君和李先生親自將我們迎到十七樓他們的新家。三十坪大的住屋隔成客廳和臥室兩大間，十分寬敞，兩扇大玻璃窗正面對著淡水河，站在窗前，可遠眺淡水美麗的夕陽以及穿梭往來的渡輪。客廳一角擺了一張大書桌，桌上紙筆俱全，這自然是李先生的貼心安排，希望琦君能再坐到桌前，執筆寫作。

拜不久前舊作《橘子紅了》被公視改拍電視劇，造成轟動，媒體對琦君青睞有加。除了剛回來的一個多月，因為時差關係以及大遷移後的疲累，不能見客外，接下來的日子，媒體紛至沓來，日子一下子變得熱鬧又繽紛。「我喜歡妳們來，我好想多聽妳們說話，離開臺灣太久，很多事情我都不知道。那些記者，拿著相機一直拍一直拍，搞得我好緊張，我還是比較喜歡作家朋友來。」琦君親切地拉著我們的手，娓娓說著。

落座之後，她一一仔細打量起我們：「妳們都好年輕啊！真好，都沒有變！」話鋒一轉，她變得語重心長：「妳們一定要聽我的，趕緊把握年輕的時光，多寫一些文章。我要是能夠再年輕，我一定還會寫。」這是老作家時不我與的怏然嗎？

琦君是在六十一歲那年，因李唐基外派美國而起了移民的念頭。民國七十二年，兩人正式定居新澤西州。在海外，琦君一樣擁有廣大的書迷，生活並不寂寞。

她的創作力依舊旺盛，經常在《中央日報》副刊和北美《世界日報》副刊上發表文章，並應北美各地文學社團的邀請，飛到舊金山、休士頓等地演講或座談，和許多海外作家也結為好友。美國幅員遼闊，無法常常見面，打電話便成了和文友們聯絡感情的方式，常常一聊就是一個多鐘頭。旅居北卡州的簡宛，舊金山的喻麗清、吳玲瑤等，都是多年「話」友。掛電話時，她從不說再見，而說「報上見」，既有鼓勵文友多寫的用心，又兼含預祝發表的美意，一時蔚為流行，連和臺灣的文友像林黛嫚等人也可用這一句祝福的話。

琦君還有一雙巧手，會剪紙、繡花、打毛線，她常將舊卡片剪成「春」、「囍」、「福」等字樣，穿上絲線作成掛飾，或是用碎花布做成漂亮的杯墊或小飾物，附在信裡送給朋友。家裡書櫃把手上，至今仍掛著她的剪紙作品；林黛嫚和劉靜娟的抽屜裡，也還珍藏著她做的杯墊。聽到大家都喜歡她做的這些可愛小玩意，琦君開心地說：「我現在還會剪，等我身體好一些，再剪了寄給妳們。」

因為關節退化，琦君的雙膝都動了置換人工關節的手術，行動不便，生活起居全賴李唐基照顧。有時恍神，還會弄不清自己是在臺灣還是美國。不過消遣起夫婿來，琦君倒是腦筋轉得飛快，機鋒處處。方梓聽說身為第一個讀者的李先生，常常對她的作品提出建議，問她是不是真有其事，「沒有他，我的作品更好。」琦君嘴一撇，一副不以為然的樣子，逗得我們哈哈大笑。一旁的李先生也樂呵呵的，一點不以為忤。琦君返臺定居，一些出版社將她的作品再次推出，像三民書局的《賣牛記》，九歌出版社將《琦君寄小讀者》改名《鞋子告狀》重新出版，我拿給她看，問她喜不喜歡新的封面，她拿著書說：「好漂亮啊！不過我也要告狀。」「告誰？」我們奇怪的問。「告他！」琦君朝李唐基瞟了一眼，臉上露出小女孩的嬌態。「告他什麼？」我們樂開了。「他在這裡，我不能說。」琦君故意裝出害怕的樣子，我們笑岔了氣，她自己也露出頑皮的笑容。

琦君和李唐基在民國三十九年結為夫婦，當時，琦君剛來臺灣不久，因為思念親人，便寫了一篇散文〈金盒子〉投寄到《中央日報》副刊。李唐基讀到此文，起了強烈共鳴。恰巧朋友介紹了一位潘希珍小姐和他認識，交談之下，才知道潘希珍就是寫〈金盒子〉的琦君，大為傾慕，終於成就了這段良緣。李唐基說：「琦君浪漫熱情，沒有數字觀念，常常在電話裡逐字逐句指導文友寫作，電話費一筆就是一百多美元，我說她，她還不高興，說我太實際了。」李先生也趕緊告起狀來。琦君訕訕地說：「我哪懂那麼多！」又是一陣哄堂。也幸虧學經濟的李唐基比較實際，長於理財，兩人互補，晚年生活才能這樣無憂無慮。

琦君有眩暈的毛病，怕她太累，我們把探訪的時間定在一小時，雖然談得正起勁，也還不想走，但是怕耽誤他們中飯，不得不起身告辭。琦君有些錯愕，像孩子般嘟起嘴嬌嗔：「不是才剛來嗎，怎麼這麼快就要走了，再坐一會兒嘛。」一面說，一面拿眼睛示意李先生幫忙留客。「餐廳已經開飯了，下次再來看您。」「下次，下次是什麼時候嘛——你們不要騙我喔——」琦君依然嘟著嘴，撒嬌般拉長聲音，一副不依的樣子。直到敲定了下個星期三再去探訪，琦君才又展露笑靨。

當車子緩緩駛出「潤福」大門，回身，隔著大玻璃窗，看見琦君小巧的身影，仍在不停地朝我們揮著手。

——民國九十三年九月十四日《中央日報》副刊

琦君作品目錄一覽表

論述

詞人之舟　民七十年，純文學出版社；民八十五年，爾雅出版社

散文

溪邊瑣語　民五十一年，婦友月刊社

琦君小品　民五十五年，三民書局

紅紗燈　民五十八年，三民書局

煙愁　民五十八年，光啓出版社；民七十年，爾雅出版社

三更有夢書當枕	民六十四年，爾雅出版社
桂花雨	民六十五年，爾雅出版社
細雨燈花落	民六十六年，爾雅出版社
讀書與生活	民六十七年，東大圖書公司
千里懷人月在峰	民六十七年，爾雅出版社
與我同車	民六十八年，九歌出版社
留予他年說夢痕	民六十九年，洪範書店
母心似天空	民七十年，爾雅出版社
燈景舊情懷	民七十二年，洪範書店
水是故鄉甜	民七十三年，九歌出版社
此處有仙桃	民七十四年，九歌出版社
玻璃筆	民七十五年，九歌出版社
琦君讀書	民七十六年，九歌出版社
我愛動物	民七十七年，洪範書店
青燈有味似兒時	民七十七年，九歌出版社（民九十三年十月，重排新版）
淚珠與珍珠	民七十八年，九歌出版社

母心・佛心　民七十九年，九歌出版社（民九十三年十二月，重排新版）
一襲青衫萬縷情　民八十年，爾雅出版社
媽媽銀行　民八十一年，九歌出版社
萬水千山師友情　民八十四年，九歌出版社
母親的書　民八十五年，洪範書店
永是有情人　民八十七年，九歌出版社

小說

菁姐（短篇）　民四十三年，今日婦女雜誌社；民七十年，爾雅出版社
百合羹（短篇）　民四十七年，開明書店
繕校室八小時（短篇）　民五十七年，臺灣商務印書館
七月的哀傷（短篇）　民六十年，驚聲文物供應公司
錢塘江畔（短篇）　民六十九年，爾雅出版社
橘子紅了（中篇）　民八十年，洪範書店

合集

琴心（散文、小說）　民四十二年，國風出版社；民六十九年，爾雅出版社

琦君自選集（詞、散文、小說）　民六十四年，黎明文化公司

文與情（散文、小說）　民七十九年，三民書局

琦君散文選（中英對照）　民八十九年，九歌出版社

母親的金手錶　民九十年，九歌出版社

夢中的餅乾屋　民九十一年，九歌出版社

兒童文學

賣牛記　民五十五年，三民書局

老鞋匠和狗　民五十八年，臺灣書店

琦君說童年　民七十年，純文學出版社

琦君寄小讀者　民七十四年，純文學出版社；民八十五年，健行文化出版公司

鞋子告狀（琦君寄小讀者改版）　民九十三年，九歌出版社

琦君作品集 02

母心·佛心

BUDDH, A MY MAMMY'S HEART

著者	琦君
發行人	蔡文甫
責任編輯	黃寶慧
出版發行	九歌出版社有限公司 臺北市105八德路3段12巷57弄40號 電話／02-25776564·傳真／02-25789205 郵政劃撥／0112295-1
九歌文學網	www.chiuko.com.tw
印刷	晨捷印製股份有限公司
法律顧問	龍躍天律師·蕭雄淋律師·董安丹律師
初版	1990（民國79）年10月5日
重排增訂二版	2004（民國93）年12月10日
重排增訂二版4印	2015（民國104）年10月
定價	210元

書號 0110002
ISBN 957-444-174-1

（缺頁、破損或裝訂錯誤，請寄回本公司更換）

國家圖書館出版品預行編目資料

母心・佛心 / 琦君著. --重排增訂二版. --臺北市 ： 九歌，民93
面； 公分. --（琦君作品集；2）

ISBN 957-444-174-1（平裝）

855 93017141